今天如何读经典

刘勇 李春雨◎主编

乡土情结

今天如何读贾平凹

张智华 等 著

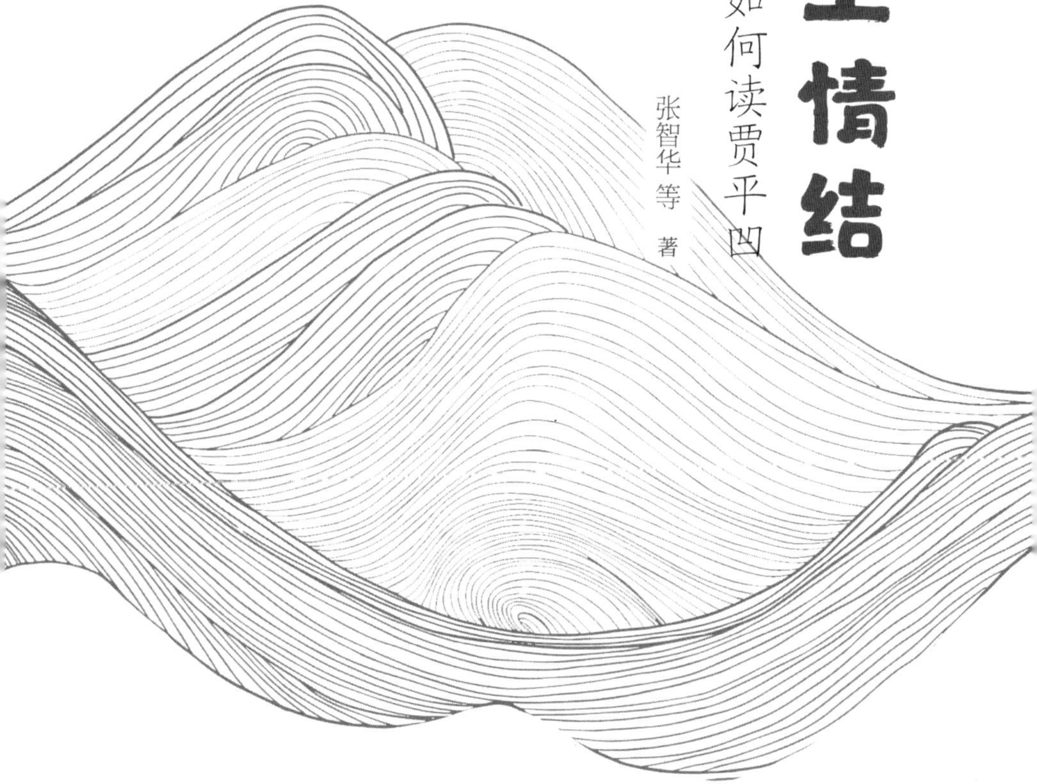

中国人民大学出版社
·北京·

目 录

引 言 当代文坛的文学"奇才"

第一章 从商州到西安

　　贾平凹名字的由来 // 013
　　贾平凹的创作阶段与起伏 // 015
　　贾平凹的写作基因密码 // 022

第二章 商州系列的"人、事、情"

　　商州系列的地域文化 // 030
　　商州系列的"人" // 039
　　商州系列的"事" // 050
　　商州系列的"情" // 053

第三章 望乡与告别:《秦腔》的故乡挽歌

　　《秦腔》的主题变迁 // 060
　　《秦腔》的意象对比 // 065

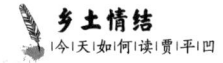

《秦腔》的日常叙事　//　078
《秦腔》的故土新变　//　083

第四章　想象与写意：《山本》的民间传奇

《山本》的风物志设想　//　090
《山本》的魔幻与神秘　//　097
《山本》的虚实手法　//　105
《山本》的历史意蕴　//　114

第五章　人文情怀：贾平凹散文的类型与风格

贾平凹散文的风格转变　//　127
游记类散文的诗意风貌　//　135
人物类散文的活泼淳朴　//　141
贾平凹散文的乡土民情　//　145

第六章　跨界传播：贾平凹作品的影视化改编

贾平凹作品影视化改编的发展脉络　//　161
陕西民俗的影视化表达　//　172
文学作品影视化改编的现实意义　//　177

后　记

引 言

当代文坛的文学"奇才"

导读

在当代文坛上，贾平凹被称为文学"奇才"或"鬼才"，是载入世界文学史册的著名文学家之一。贾平凹作品极具叛逆性和创新精神，茅盾文学奖给予贾平凹的授奖辞是："贾平凹的写作，既传统又现代，既写实又高远，语言朴拙、憨厚，内心却波澜万丈。"那么，这位当代文坛的文学"奇才"或"鬼才"到底有何魅力？让我们一探究竟。

引言
当代文坛的文学"奇才"

"奇才"或"鬼才"指的是具有某种特殊才能的人。北宋时钱易的《南部新书》记载:"李白为天才绝,白居易为人才绝,李贺为鬼才绝。"而在当代文坛中,贾平凹可以被称为"奇才"或"鬼才"。

1988年,贾平凹的长篇小说《浮躁》获第八届美孚飞马文学奖铜奖;1997年,《废都》获法国三大文学奖之一的费米娜文学奖;2008年,《秦腔》获第七届茅盾文学奖;2011年,《古炉》获首届施耐庵文学奖。2019年7月,六十七岁的贾平凹被授予"人民文学出版社荣誉作家",同年《秦腔》成功入选"新中国70年70部长篇小说典藏"。贾平凹的获奖和荣誉背后,是他笔耕不辍获得的成就,更是他不断开拓创新的结果。随着阅历的增加,贾平凹对人生哲理的思考越来越深入,并以不同于常人的文风写作,这从他的创作中就可以窥见。

从贾平凹的作品中,我们不难看出他对故乡商州的怀念与留恋。散文《商州初录》《商州又录》《商州再录》(合称《商州三录》),长篇小说《商州》,中篇小说《商州世事》,长篇小说《浮躁》等商州系列作品展现出贾平凹的"寻根"之旅。贾平凹从农村来到城市,有一种"农裔城籍"的心态,所以,生活在西安的贾平凹对自己出身的商州农村有着无限的热情与自豪。

他热爱这片土地,这里是他创作的灵感来源,他把满腔热情倾注于故乡商州。

如果说以前贾平凹的作品以"回到故乡"为起点,那么《秦腔》就是以"告别故乡"为情感底色的。贾平凹早期关于乡土文化的作品中呈现出田园牧歌般的审美特点,文风清新,典雅动人。随着城市化的不断推进,贾平凹对故乡的回忆与想象也发生了变化。《秦腔》以细腻的笔触和深入的社会洞察力,描绘了中国西北乡村的生活变迁,更将"生于斯,长于斯"的百姓们的万千思绪描写得通透有力。作品中的本土意识展现出独特的艺术魅力,同时也表达了贾平凹对故乡土地的深深眷恋以及他对传统与现代之间二元对立的深刻思考。通过对乡村生活的描绘,他揭示了中国社会转型期所面临的种种矛盾和问题。同时,他巧妙地融入了魔幻现实主义元素,使得整部作品充满了神秘、奇幻的氛围,进一步拓展和开掘了小说的表现力与深度。于是,贾平凹将《秦腔》作为对故乡的一种告别与留恋。

贾平凹笔下的《山本》,虽然整个故事发生于故乡陕西,却被他融入了较大的"想象"空间,展现出一个神秘的传奇故事。贾平凹通过虚实结合的手法,不仅展现出秦岭所拥有的丰富的自然资源,更是从中华优秀传统文化中吸收营养,传递出人生哲学。楚文化是华夏文明的重要组成部分,具有极为浓郁的神秘性、灵动性、诡异性、浪漫性。楚文化的特质是尊凤尚赤、崇火拜日、喜巫近鬼。以屈原的作品《九歌·山鬼》为例，描绘了一个瑰丽而又离奇的鬼神形象。而贾平凹被誉为"鬼才"，或许也是由于他继承楚风，文风神秘浪漫、灵诡多变而得名。

贾平凹的散文不仅展现出具有诗意风貌的地理景观，还展现出活泼淳朴的农民形象，从而勾勒出民风质朴的乡土村庄。正如贾平凹在《怀念狼》后记当中所说，"我热衷于意象，总想使小说有多义性，或者说使现实生活进入诗意"[①]。贾平凹的散文意蕴深厚，富有十足的佛理禅趣，恰似"佛祖拈花，迦叶微笑"；又充满自身个性特点，带有浓烈的西北豪情；更有借由自然世界的万物生灵抒发出来的他称之为"文学立身的全部"的内心世界。他的散文内容丰富，无所不谈，他谈生、谈死、谈病、谈乐器、谈佛理、谈风景、谈故人；他袒露心事，袒露所行所思、所爱所痛。每一篇散文都既记述了他行走祖国大地的趣事见闻，又显露出他广阔的胸襟和博大的情怀，更将他炉火纯青的文字功底展露无遗，乡间俗语，山民说话，甚至某些陕西土话里特有的词汇都被他用得恰到好处。

陕西是中华文化的发源地之一，古老的历史与文明都曾经

---

① 贾平凹.怀念狼.北京：人民出版社，2007：224.

在这里留下了深深的足迹。贾平凹善于用质朴的比喻形容人生，各种陕西味十足的俚语更是信手拈来。例如《秦腔》里的"等咱有了钱，想蘸白糖是白糖，想蘸红糖是红糖，豆浆么，买两碗，喝一碗，倒一碗！""龙生龙，凤生凤，老鼠生来会打洞"等等。除了这些陕西味十足的俚语之外，贾平凹的作品中也描述了很多陕西人的日常生活。民以食为天，饮食是人们生活的重中之重，在贾平凹的小说中，还多次展现了富有陕西不同地域特色的美食，如《秦腔》中的捞面、浆水面，《走三边》中的豆片丢面，《白夜》中的肉夹馍等。时代在发展，社会在进步，随之而来的却是许多代表着地域性与民俗性的文化的消失。但是我们在阅读贾平凹的作品时依然能够看到这些有代表性的民俗，这也是他文学作品的厚重之处。

贾平凹曾表示，"我的创作基地有两块，一是我的家乡商州，一是我现在工作和生活的城市西安。所有作品里的故事都发生在这两个地方，即使故乡的素材来源于别的地方，但我仍是改造了，把它拉到这两个地方"[①]。实际上，贾平凹虽然生活在城市里，但又是边缘的；对于乡村而言，他虽然熟悉地貌与风土人情，但又无法回到故土。所以，贾平凹常常游荡于城市与乡村之间，《废都》便是其"游荡"的证据。

---

① 贾平凹.文学与地理：在香港贾平凹文学作品国际研讨会上的发言.东吴学术，2016（3）：22-25.

引言
当代文坛的文学"奇才"

贾平凹的文字既有乡土气息,又有飘逸之美,给人以舒适和从容之感。《自在独行》聚焦于情感、社会与人生,既有世俗的智慧,又有生活的趣味,帮助人们懂得孤独、享受孤独,在生活中多一些从容、洒脱与自在。

贾平凹的作品不仅具有深厚的历史文化底蕴,更融入了他对生活的独到见解和体验,为影视化改编提供了较为开阔的空间,其作品《小月前本》《鸡窝洼人家》《五魁》《美穴地》《高兴》等都已经被改编为影视作品。

贾平凹的书写,大多数是精品。他是一个非常有才气的作家,有的文章看似七零八碎,其中的情节却安排得恰到好处。极深厚的文字功底给他的写作提供了扎实的基础。他的书房里充满了文人气息,装满了远古的魂灵。他每次写作都要修改很多遍,一稿、二稿直到最后定稿,都得经过多次誊抄。一次次地修改,一次次地完善,可谓精益求精。

贾平凹不仅善于观察、勤于写作,还对书法和画画颇有研究,收藏更是他的挚爱。倘若在西安的市面上走上一圈,免不得会见到贾平凹的字画。贾平凹常说,人在收藏的同时,就将自己收藏了。如此看来,我们是否可以把贾平凹先生也看成是一件陕西特有的藏品呢?

乡土情结

【我来品说】

1. 贾平凹为什么被称为当代文坛的文学"奇才"或"鬼才"?他对中国文学有什么样的贡献?

2. 你读过贾平凹的哪些作品?对你影响最深的作品有哪些?

3. 你认为贾平凹文学作品中最显著的艺术特点是什么?

第一章 从商州到西安

> **导读**
>
> 贾平凹的小说以乡土书写为特色,通过独特的地域经验所负载的文化事物来揭示现实生活中的人情事理,展现了乡土社会的盛衰变化,也构建了富含细腻情感和艺术审美的乡土世界。通过对贾平凹个人的文化"寻根",或许能够辅助我们理解其作品中的文化内涵与精神家园。

第一章
从商州到西安

陕西是一个历史文化悠久的省份,商洛即商州,便是其中的典型之一。贾平凹出生在商州,也是在这里长大的。商州极具历史价值,《商州初录》一开篇就展示出商州悠久的历史。"商州者,商鞅封地也",这便足见商州历史之悠久,并非荒洪蛮夷之地。贾平凹前后三次大规模地游历商州各县,自言惶恐七八年仍不敢下笔。商州有说不尽的风土人情,讲不完的旖旎风光。从《商州初录》、《商州又录》、《商州再录》(合称《商州三录》)到《商州》(长篇小说)、《商州世事》(中篇小说),再到《浮躁》,贾平凹的商州系列出了一部又一部精品。2018年,贾平凹出版长篇小说《山本》,这本书的重点仍然是家乡的人物故事与风土人情。故乡为贾平凹的创作提供了取之不尽、用之不竭的素材与灵感。

《商州初录》中贾平凹对商州是这样表述的:

众说不一,说者或者亲身经历,或者推测猜度,听者却要是非不能分辨了,反更加对商州神秘起来了。用什

乡土情结
今天如何读贾平凹

么语言可以说清商州是个什么地方呢？这是我七八年来迟迟不能写出这本书的原因。我虽然土生土长在那里，那里的一丛柏树下还有我的祖坟，还有双亲高堂，还有众亲广戚，我虽然涂抹了不少文章，但真正要写出这个地方，似乎中国的三千个方块字拼成的形容词是太少了，太少了，我只能这么说：这个地方是多么好啊！①

---

① 贾平凹.商州初录//贾平凹文集：第5卷.西安：陕西人民出版社，1998：80.

贾平凹名字的由来

贾平凹名字的由来，倒有一番趣事。贾平凹出生于一个小村庄，家中世代都为农民，家庭条件并不富裕。他原名"贾李平"，父母叫他"平娃"，希望他能够平顺地度过一生。贾平凹人生的前十九年正如他父母所愿，平平淡淡，离开商州后就翻开了人生的新篇章。后来，贾平凹在一次写作的时候灵机一动，将自己名字中的"娃"改成了"凹"（wā）。一字之差，却有天壤之别，一个"凹"字就让名字变得立体感十足。平，是指表面没有起伏不倾斜。凹，意为周围高、中间低的区域。连起来展现的就像是人生的全部状态。是啊，谁的人生不是高低起伏？有挥斥方遒之时，也有失意低沉之日。正如傅雷所言："人一辈子都在高潮—低潮中浮沉，唯有庸碌之人，生活才如死水一般；或者要有极高的修养，方能廓然无累，真正地解脱。只要高潮不过分使你紧张，低潮不过分使你颓废，就好了。"[1]

---

[1] 傅雷.傅雷家书.北京：生活·读书·新知三联书店，2000：27-28.

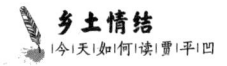

贾平凹在《我的小传》中介绍自己的名字

姓贾,名平凹,无字无号;娘呼"平娃",理想于通顺;我写"平凹",正视于崛崎。一字之改,音同形异,两代人心境可见也。生于一九五二年二月二十一日,孕胎期娘并未梦星月入怀,生产时亦没有祥云罩屋。幼年外祖母从不讲甚神话,少年更不得家庭艺术熏陶。祖宗三代平民百姓,我辈哪能显发达贵?原籍陕西丹凤,实为深谷野洼;五谷都长而不丰,山高水长却清秀。离家十年,季季归里;因无"衣锦还乡"之欲,便没"无颜见江东父老"之愧。先读书,后务农,又读书,再做编辑;苦于心实,不能仕途;拙于言辞,难会经济;捉笔涂墨,纯属滥竽充数。若问出版的那几本小书,皆是速朽玩意儿,哪敢在此列出名目呢?如此而已。

资料来源:贾平凹. 我的小传 // 贾平凹文集:第 12 卷. 西安:陕西人民出版社,1998:73.

1972 年,贾平凹经人推荐到西北大学中文系念书。1975 年留城,在陕西人民出版社当编辑,后来迎来了自己人生中第一个小高峰,调入西安市文联、陕西省作家协会,成为专业作家。贾平凹在十九岁前从未离开过商州,更没想到在西安一住就是五十年。故乡帮助贾平凹完成了最初的人生教育,也是他创作灵感的来源。

贾平凹的创作阶段与起伏

商州系列为贾平凹的创作奠定了坚实基础,《废都》作为他的代表作之一,则引起了较大的争议。如果说在20世纪80年代,贾平凹的小说更多是反映人性的美好,在20世纪90年代则是更多反映人性的阴暗与丑恶。贾平凹改变了以往的创作方式,逐渐开始利用社会边缘人物展现社会人心与人性。随着中国社会开始转型,他在写作中意识到这种社会的巨变所带来的并不局限于二元对立、善恶斗争,而是一种全方位的,从集体到个人的转变。这一阶段对于贾平凹整个创作过程也有着不可磨灭的作用。

小说《废都》创作于1993年,讲述了在经济转型、社会变化之际,一座城市内知识分子被腐蚀的故事。2009年7月,贾平凹遭禁十六年的长篇小说《废都》终于解禁,文坛以及社会各界都对《废都》的解禁表现出极大的兴趣。2010年,《废都》版权以当时100万元的高价转让给浙江一家影视公司。由于《废都》影响力巨大,该影视公司也颇有压力,原定计划是先拍电

影后拍电视剧。虽然很多人在期待这部传奇性作品能走上屏幕，但是十几年过去了，《废都》的拍摄却迟迟没有进展。

之后贾平凹写出《秦腔》，使他的创作又一次走向高峰。《秦腔》是贾平凹对乡土中国的苍凉回眸，呈现了中国农村作为现代化进程中一个不容忽视的客观存在，也展现了从传统到现代过程中传统与现代的结合状态。《秦腔》是乡土废墟上"无可奈何花落去"的黯然神伤，又是对农民生存本相的强烈逼视和灵魂追问。贾平凹完全打破了传统乡土小说单一的叙事模式，重新开启了一扇乡土小说通向未来的门，走出一条更为自由的乡土叙述之路，用更直接、更纯粹、更鲜活的叙述方式，使我们对隐伏在生活表层后面多重挤压下的真实有一种新的理解和认识。2008年11月2日，《秦腔》获得茅盾文学奖。

《秦腔》的故乡挽歌

在《秦腔》里，贾平凹的智慧体现在他对生活细节如数家珍的滔滔不绝叙述中，叙述则始终笼罩在一片悲凉之雾中，仿若一曲故乡挽歌，字里行间掩藏不住迷茫与怆然。贾平凹目睹清风街上大量农民离开农村，一步步从土地上消失，丰饶的精神家园正走向荒芜和衰败，已经没有了自己精神的"故乡"。面对现代文明的不可逆转和行将消逝的诗意乡土，在都市的万家灯火阑珊处，贾平凹陡然梦醒：多年来所熟悉的一切正在消失，往日的田园牧歌一去不复返，故乡中熟稔亲切的面孔逐渐模糊。贾平凹带着无奈和迷茫书写着故乡的记忆与苍凉。

《古炉》作为继《秦腔》之后的又一力作，与后者的叙事美学追求一脉相承。贾平凹的行文依然"稠密"，且事无巨细混在一起描写，像国画的散点透视一般，将古炉村的种种变迁一一收进这数十万字的作品中，虽然杂语纷呈，但却依稀透出各式各样的隐喻。

《古炉》讲述了一个以烧制瓷器闻名的村子里所发生的故事，"古炉"二字正是这个村子的名字。一开始的古炉村，偏僻、安宁，民风淳朴，但当"文革"的风潮滚滚袭来时，村中的所有人都或主动或被动地成为这场运动的一部分。像《秦腔》通过张引生来叙述一样，《古炉》中一个叫"狗尿苔"的男子成为故事的叙述者，并通过他的视角，讲述这一世外桃源如何变成一个充满怀疑、仇恨、暴力的修罗场。

在革命的进程中，乡村一度扮演着重要的角色，但在之后走向现代化的进程中，乡村逐渐走向了边缘。这种边缘化不仅仅是实际力量上的，也是叙事和作品中的。即便是"文革"这样一段并不引人喜悦的回忆，也较少有作品将目光集中到乡村。《古炉》如同贾平凹过去的作品一样将目光集中到乡村，而这次

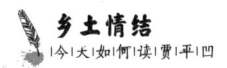

讲述的正是"文革"这个动荡的年代。贾平凹尽量避免采用历史批判式的描写,将个人的好恶隐藏在碎片化的日常叙事当中。《古炉》没有宏大的架构,没有概念性的预设,而是将整个故事全部融入一个小村的生活细节当中。

《古炉》的叙事主人公狗尿苔,是古炉村底层的人。如果说《秦腔》里的张引生是家道中落,那么狗尿苔的名字直接给人一种出身于寒微家庭的感觉。不仅如此,矮小的身材也使得狗尿苔更加自卑。狗尿苔终日穿梭于村里,他的脚步不停,聊起村里的种种大事小事来也不停,人们在狗尿苔的唠叨中依稀看到了古炉村,这是一个自给自足的小世界。然而偏远的小世界却挡不住大世界的浪潮,渐渐地,来自外部的波动不知不觉影响了村中每一个人,人们或许愿意或许不愿意,都成为这股浪潮的一部分,旧有的秩序土崩瓦解,人性黑暗完全暴露。

贾平凹笔下的《古炉》诉说的是某一个时代的故事,但又不只是那个时代的故事,是古炉一个村子的故事,但又不只是那个村子的故事。书中乡村生活的种种细节为我们营造了一个充满真实质感的世界,也为故事提供了无限延伸的可能。古炉是一个小世界,世界又何尝不是一个大古炉?

《高兴》是贾平凹在《秦腔》之后出版的小说,但其故事早已酝酿成熟。如果说《古炉》延续的是《秦腔》的语言风格,《高兴》则承接了《秦腔》的故事素材。伴随着传统乡村的消

第一章
从商州到西安

失,许多人离开乡村前往城市生活,而其中有一些沦为城市最底层的人群,他们就是《高兴》所瞄准的对象。或许由于故事酝酿较早,《高兴》没有和《秦腔》一样使用散点叙事,而是有明确的叙事线索,更加易读。除此之外,相比于贾平凹的其他作品,也许由于《高兴》重点描写的是拾荒者,因此这部作品的悲情显得更加直接。

读《秦腔》,我们会觉得夏天义的死是命运的终结,因为属于他的那个乡村已经被新的社会洪流所彻底瓦解。《秦腔》让人悲痛的是原有乡村在新的时代洪流中的败落,是记忆中的故土家园之消亡,张引生只是一双眼睛,而真正代表这种消亡的人物是夏天义等人,他们所处的年代与我们是有一定时间距离的。但在《高兴》中,核心人物都生在与我们相接近的年代,他们命运的运转和我们每一个人命运的运转是在同一个时代浪潮下的。这些人甚至可能是我们熟悉、认识的人,是我们曾经的乡亲邻里。因此,我们看到五富的悲惨命运时,产生的不是旁观者的悲悯,而是连同自身命运在内的感叹。

《高兴》里的刘高兴和《秦腔》里的张引生分别在两部小说中发挥着同样的作用。张引生是"疯子",刘高兴是"傻子",他们表面上是故事的主人公,但并不承载故事的精神内核,而更多是向读者讲述他人的故事。如果说两人的不同,则是张引生有些排斥城市,刘高兴却迫于现实"崇拜"起了城市,渴望

与城市接近甚至达到了可悲的程度。刘高兴在卖掉了一个肾脏之后竟然联想到自己由此与城市变得亲近，宣称"我活该要做西安人"。

关于刘高兴对城市的迎合接近，贾平凹在创作中的态度是复杂的。一方面，刘高兴卖肾之后的荒谬联想已经让他对于城市的渴望融入成为一个笑话，他必然是没有真正融入城市并被接纳的。但另一方面，贾平凹曾经表达过对于自身态度的清醒，他知道自己对于城市是有厌恶情绪的，想尽量在作品中修正这种个人倾向性，所以改了整整五遍书稿。最终我们看到的刘高兴的境遇，常常又让我们有一种模糊感，餐厅老板态度的改变、与有地位的企业家同桌吃饭等这一切让我们感觉刘高兴获得了足够的尊重，但纵观全书我们又会发现，刘高兴的命运是注定悲剧的，没有疑问。如同刘高兴这样的人并不会融入城市，城市也不关心他们的人生，他们最终还是会落叶归根，回到故土。

2018年4月，贾平凹的长篇小说《山本》出版，这是他的第16部长篇小说。和贾平凹早年的作品相比，《山本》虽延续了其作品一贯的风格，但在框架设置上更显宏大和富有哲理意味。

贾平凹从1973年开始写作，至2018年出版了16部长篇小说、四五十部中篇小说、200多篇短篇小说及大量的随笔散文。在他写作的45年间，大约写了1 500万字，获得过茅盾文学奖、施耐庵文学奖、百花文学奖、红楼梦奖、法国费米娜文学奖和美国美孚飞马文学奖等国内外大奖,在国内外享有盛誉。他用文字把心中的故乡表达出来,寻求着内心的慰藉。在人们看来,贾平凹是勤奋的,平均每两年就有重要作品问世,展现了他旺盛的写作热情和杰出的创作才华。

贾平凹亲自汇总出版有《月迹》《爱的踪迹》《心迹》《贾平凹散文自选集》《坐佛》《静水深流》《商州三录》等多部散文集,并且这些散文集多次再版,最多的再版超过了五次。由他间接整理出版的散文集更是数不胜数,这些散文集在读者心中产生了深远的影响。

贾平凹部分作品被改编成影视剧,取得了良好效果,产生了较大影响。伴随着影视产业的不断发展,观众的审美不断提高,对影视剧文学性的要求也越来越高。一部分原创剧本由于出自一些非专业人士之手,艺术性与文学性远不能满足观众的需求。于是,市场与投资商都将目光转向了经典小说、剧本,以及著名作家创作的本身就有一定知名度的作品。因此,无论是从艺术性、文学性还是商业性的角度考虑,贾平凹的作品都是影视创作的热门选择。贾平凹的作品由于现实意味明显,更容易进入影视剧制作者的视野,作品本身的细节也让改编更容易进行。

贾平凹的写作基因密码

贾平凹，现任中国作家协会副主席、陕西省作家协会主席，与陈忠实、路遥被誉为"陕西文坛的三驾马车"。回溯新中国成立后的中国文学史，在陕西这片土地上，以源远流长的人文传统和深厚的文化积淀，形成了特定的精神气质与文化认同，也为作家开掘了一个丰饶、充满激情与活力的创作富矿。同时，陕西文学作品是我国新时代文学多样化格局中的有机组成部分，也一直作为现实主义文学的一个重要地域性分支而存在。路遥、陈忠实和贾平凹，这三位作家刚好处于陕北、关中、陕南三个不同区域，以三足鼎立之势，形成了中国陕西文学版图的独特景观。三位作家以洋溢着秦风秦韵的陕西制造，延续着绵延数千年的陕西文脉和文艺精魂，均获得了中国文学最高奖项茅盾文学奖。

其中，陕南作家贾平凹的作品，绝大部分取材于他的家乡棣花镇，大多讲述了陕南的生活。陕南这个地方，因大部分位于秦巴山区，在中国既不是北方也不是南方，而是位于南北方分界的地方，所以贾平凹既有南方人的细腻，又有陕西人的豪情。在很多人的记忆中,贾平凹的文学作品灵动、朴实、温暖、现实,具有浓厚的西北地方风情,他善于以细微的社会现象体现大的历史变迁,在他的作品中,你好像能读懂中国,读懂秦岭以南、巴山以北的乡土中国,而这些都源自他的写作基因密码。

如果要探寻一位作家的写作基因密码,就一定要从他的家乡入手。历史上大多数作家对于故乡都有着说不清、道不明的情愫。川端康成曾说过,文学的根是心灵中的那个故乡。那个故乡就是作者们的心灵归属地。陕西的乡村之于贾平凹,就像当年还叫作北平的北京之于老舍,浙江绍兴之于鲁迅,山东高密之于莫言,湘西的边城小镇之于沈从文。对于他们来说,故乡不仅是他们出生的地方,还是他们写作素材的源头、灵感的缪斯、持续创作的"营养源"。如果没有故乡土壤的滋养,我们就不能看到中国作家的很大一部分作品。可以说,故乡与作家之间存在着紧密的关系。故乡是一份解密作家文学作品的密码,隐秘而真实地存在着。

陕西有哪些值得关注的文化内容,是首先应该思考的问题。一是其独特的地貌产生的独特的风土人情。独特的人文环境持续不断地为作家提供着创作灵感。陕西作家处在这种洋溢着秦风秦韵的气息中,创作了一部部具有明显陕西文化底蕴的文学作品。从路遥的《平凡的世界》、陈忠实的《白鹿原》再到贾平凹的《秦腔》,这三位陕西作家用充满现实主义特色的

笔触，描绘了不一样的陕西文学景观。

《平凡的世界》以1975年到1985年十年间为背景，以主人公孙少安和孙少平两兄弟为中心，以刻画两代人的人生遭遇为主线，展现了社会转型过程中中国农村的变迁，塑造了各阶层绝大多数人的形象，普通人的日常生活与巨大的历史变迁交织在一起，夹杂着爱情与亲情，以及挫折、悲伤与欢乐。

《白鹿原》，这部近五十万字的长篇小说是陈忠实历时六年完成的，也是新时代文坛的扛鼎之作。《白鹿原》深刻地展现了陕西关中地区白鹿原上白姓与鹿姓两大家族的恩怨纠纷，以及长达半个多世纪的历史变迁。

《平凡的世界》与《白鹿原》虽然描写的时代不同，但都是极具影响力的著作。再加上贾平凹的著作《秦腔》，这三部小说都曾获得茅盾文学奖，也都被翻译成英文、日文等多国文字。贾平凹用一曲悠长的生活慢板，唱出了一段生命绝唱。《秦腔》里借疯子张引生的视角，展现的是清风街近三十年的历史，讲述了夏家与白家两户人家在传统农耕文明与现代文明碰撞之间产生的火花。作品用贾平凹惯有的生动平实的笔触，以一种隽永的姿态，慢慢展开了一幅宏大的人生画卷。

贾平凹的文学作品属于中国的乡土文学。中国乡土文学，从某种意义上来说，是世界文学的一个组成部分，因为其中的民族性而独具特色。任何一种文学如果上升到世界的层面上，要在世界广泛传播，就必须具有一种世界性。

中国乡土文学走向世界也需要这样的世界性，从而在面对多元文化的冲击之后依然能保持自己的独特性，发挥出较高的文学价值与影响。中国的文学作品中有很多独到之处，例如词汇、语境以及语言的表达等。单单从方言的数量来看，就有各式各样的风味。方言一方面包蕴着天南地北的中国人说话时特有的风格，另一方面在乡土文学中也是建构故事与人物形象的绝好道具。而在"走出去"的过程中，乡土文学中的这些民族性的韵味难以全然被外国翻译家翻译出来。就好比我们阅读西方小说一样，由于翻译的版本五花八门，我们读到的也是有所不同的。有的经过翻译之后，变得平平无奇，甚至有的带着浓重的翻译腔调，这也使得我们在阅读的时候无法产生同感与共鸣。我们在向外推广中国乡土小说的时候，一方面要注重文学作品真实的内在价值，一方面要在"走出去"的中国文学作品的翻译上下功夫。

【我来品说】

1. 你如何理解贾平凹文学中的精神家园？
2. 你认为陕西地域文化与个体成长经验对贾平凹的文学创作有哪些影响？

第二章 商州系列的"人、事、情"

导读

贾平凹以写商州知名，商州也因贾平凹闻名。贾平凹为什么要写商州？一方面是因为商州是贾平凹的家乡，他曾经在这里生活了十九年，对这里的一草一木都十分熟悉。另一方面，商州自身带有极大的可塑性，自带一种"天然去雕饰"的风韵。即使后来他去了西安，每年也要往返商州十几次。商州既贫穷也富饶，贫穷于它的经济，富饶于它的精神。

贾平凹曾在《商州初录》中写道:"商州到底过去是什么样子,这么多年来又是什么样子,而现在又是什么样子,这已经成了极需要向外面世界披露的问题,所以,这也就是我写这本小书的目的。"[1]

商州曾使用过"商洛专区""商洛地区""商洛市"等多种称谓。贾平凹曾在《我的故乡是商洛》中写道:"人人都说故乡好。我也这么说,而且无论在什么时候什么地方,说起商洛,我都是两眼放光。这不仅出自生命的本能,更是我文学立身的全部。"[2]足见贾平凹是一位乡土情怀浓重的作家。商州有美有丑,有高尚的情怀也有丑恶的嘴脸。同乡人疑惑贾平凹为什么不给外面的人呈现一个完美的商州?贾平凹笑答,商州是完整的,充满山野情趣才是真实的商州。贾平凹以最淳朴的语言将商州的故事娓娓道来,商州在贾平凹的笔下活起来了。这里没有阳春白雪的华丽和高尚,更多的则是一种陕南人特有的豪迈和简单。

---

[1] 贾平凹.文章四家·贾平凹.北京:文化艺术出版社,2011:7.
[2] 贾平凹.我的故乡是商洛.新西部,2014(12):81-82.

商州系列的地域文化

作为一名陕西籍作家,故乡对于贾平凹的文学创作产生了深远的影响。贾平凹出生于陕西省商洛市丹凤县棣花镇,这里曾是商鞅的封地、汉朝名士"商山四皓"的隐居处。商州处在陕西、河南、湖北三省交界之处。各个省份的居民生活习惯不同,省份文化形态各异。贾平凹生活在这样的大家庭中,导致他从小接触到的人和物都是杂色的。贾平凹的文风奇特,手法自然,描写的西北农村视野开阔,带有地域特色。

乡土陕西的文学精神

陕西既是文学大省,又是《在延安文艺座谈会上的讲话》的发表地。在新时期文学多样化格局中,陕西文学凝聚着优秀的汉唐文化的血脉基因,传承着延安革命文艺传统的思想精神,也是现实主义文学一个重要的地域性分支。同时,陕西这片广漠旷远的土地,也为作家提供了一个丰饶、充满激情与活力的创作富矿。源远流长的人文传统和深厚的文化积淀,与作家的审美情感、审美理想和艺术实践熔铸为一体，形成了特定的文化认同与文学精神，最大限度地发挥了作家的创作激情与才华。先有以柳青、杜鹏程、王汶石、李若冰等为代表的作家群，后又涌现了以路遥、陈忠实、贾平凹、叶广芩、红柯等为代表的阵容整齐的作家方阵，彼此呼应。他们苦心耕耘，共同铸就了陕西文学的辉煌，见证了共和国改天换地、改革开放和现代化建设的历史进程。陕西文学以其深厚的底蕴、突出的成就，呈现出波澜壮阔的创作景观，从而确立了陕西作为中国文学重镇和文化大省的地位，在中国当代文学史上占据了重要的位置。

秦岭作为中国南北方的分界线，兼具中国南北方的特征，贾平凹的出生地商洛便坐落其中。商洛位于秦岭南麓，为秦楚文化交融之地，既具有秦的雄浑厚重，又具有楚的灵动秀美。在宋朝时期，商洛又有"宋金边城"之称，因为当时的商洛作为交界地带，一半属于宋朝，一半属于金国。可以说，在这片神奇的土地上，自古就有具备不同特征的两种文化进行融合，使这里一直富有一种神秘色彩。如今在商洛境内，秦楚文化、民俗文化、红色文化、道家文化、寺庙文化等盛行，而这些文化在贾平凹的文学作品中均有所体现，使读者感受到了家乡文

化对他的深刻影响。

贾平凹早期的商州系列就是以自己的故乡商洛为原型创作的,后来的《秦腔》《古炉》《带灯》《老生》,再到2018年出版的《山本》,贾平凹在四十多年的文学创作中所写的都是与秦岭和商洛有关的故事,由此可以看出故乡商洛在贾平凹身上的烙印。贾平凹曾自我剖析:"我是陕西的商州人,商州现属西北地,历史上却归之于楚界,我的天资里有粗犷的成分,也有性灵派里的东西,我警惕了顺着性灵派的路子走去而渐巧渐小,我也明白我如何地发展我的粗犷苍茫,粗犷苍茫里的灵动那是必然的。"①

从地理位置上说秦岭

秦岭是横贯中国中部呈东西走向的一条山脉,以迭山与昆仑山脉为分界,西起甘肃省境内,向东经天水南部的麦积山进入陕西,在陕西与河南交界处分为三支,北支为崤山,余脉沿黄河南岸向东延伸,通称邙山;中支为熊耳山;南支为伏牛山。长约1 600千米,南北宽数十千米至二三百千米不等,为黄河支流渭河与长江支流嘉陵江、汉水的分水岭。狭义的秦岭是秦岭

---

① 贾平凹.高老庄:评点本.2版.武汉:长江文艺出版社,2003:356.

山脉的陕西段。秦岭山脉所邻的关中平原为春秋战国时秦国的领地。

秦岭－淮河一线是中国地理上最重要的南北分界线，秦岭还被尊为华夏文明的龙脉。古籍中秦岭指今陕西省境内的终南山，亦称太乙山（太一山）、南山。如《汉书》曰：秦地有南山。《文选》在班固《西都赋》一篇中注解道：秦岭，南山也。唐柳宗元说："中南居天之中，在都之南。国都在名山之下，名山随国威而远扬。"《明史》在介绍西安府时说："倚，治西偏。洪武三年四月建秦王府。北有龙首山，南有终南山，西南有太一山，又有子午谷，谷中有关……"

1980年，贾平凹发觉创作出现了问题，他既不愿意跟着当时同行走，又不知道自己该写什么，怎么去写，甚感苦闷与彷徨。此外，陕西"笔耕"文学评论组对他的作品提出了严厉批评。1982年，陕西"笔耕"文学评论组召开了贾平凹小说创作讨论会，这次会议中西安的评论家们针对贾平凹1981年前后的作品提出了尖锐的批评意见。也正是在这次会议上，一向被文坛追捧的贾平凹受到极大的打击，这次打击应验了他名字中的"凹"字。贾平凹表示，在心情不畅的时候，他更加愿意回到故乡。然而乡下的生活让他感受到自己在创作过程中总是随波逐流,没有自己的创作方式,对很多题材感悟并不深,只能跟随其他人的步伐写作。后来他开始写知青,写故乡的人与事,再后来便开始有意识地回乡搜集素材,深刻融入所听、所想、所感。到 1985 年,在连续发表《商州初录》《商州又录》和《商州再录》等作品,商州这个地名在全国广大读者中产生了很大影响后,贾平凹开始找回一度迷失的自己,"这一组笔法大致归之于纪实性的,重于从历史的角度上来考察商州这块地方,回归这个地方的民族的一些东西,再将这些东西重新以现代化的观念进行审视,而做一点力所能及的挖掘、开拓。我觉得这个路子最宜于表现商州,也最宜于表现我"①。贾平凹的"凹"是值得的,有了这次的打击,他找寻到了自己的方向。

贾平凹把商州写得古朴又迷人,上至远古时期,下及当代,在商州系列中都可见一斑。贾平凹为了研究商州的历史,翻阅了十八本商州地方志。在商州系列中,涉及的山水地名俯拾皆是,简直可以出一本商州地理书。

---

① 贾平凹.我的追求:在中篇近作讨论会上的说明//贾平凹文集:第 14 卷.西安:陕西人民出版社,1998:59-60.

第二章 商州系列的"人、事、情"

【经典品读】

《商周初录》中关于自然风光的描写

就在更多的人被这个地方吸引的时候,自然又会听到各种各样对商州的议论了。有人说那里是天下最贫困的地方,山是青石,水是湍急,屋沿沟傍河而筑,地分挂山坡,耕犁牛不能打转。但有人又说那里是绝好的国家自然公园,土里长树,石上也长树,山有多高,水就有多高。有山洼,就有人家,白云在村头停驻,山鸡和家鸡同群。屋后是扶疏的青竹,门前是夭夭的山桃,再是木桩篱笆,再是青石碾盘,拾级而下,便有溪有流,遇石翻雪浪,无石抖绿绸。

资料来源:贾平凹.商州初录//贾平凹文集:第5卷.西安:陕西人民出版社,1998:78-79.

贾平凹的文字让商州活起来,让一个"不足为外人道也"的商州变成一个老少皆知的商州。贾平凹的语言将一草一木都刻画得入木三分,让人神往于千里之外的大西北。贾平凹不使用电脑,从他踌躇七八年时间和留下的大量手稿来看,他为商州花了很多心思。在商州系列每一篇的开头,贾平凹都会介绍商州的地理环境、风土人情,使得文章像一篇山水游记,又像一篇故事杂记。从篇头的地理风情可见,他每次提笔都很考究。写作要翻阅大量古籍资料,以确保描写商州的严谨性。贾平凹通过清新淳朴的写作手法将平常的自然风光、地理山石描绘得诗情画意。可以看出,无论是商州的自然风光还是其内在精神,都显示出鲜明的地域文化特色。

【经典品读】

《商周初录》中描写石门河的激荡

这石门河原来是一流莹亮的玻璃,河底的一颗石子都藏不住,偏偏在一处叫尖角的地方,就与浑浊不堪的洛河相遇了。清浊交汇,流量骤然增大,又偏偏右有石崖,左有石崖,相搏相激的水声就惊涛裂岸,爆发出极大的仇恨。先是一边清,一边浊,再是全然混混,那一尺多厚的白沫、枯枝、败叶、死猫臭狗,就浮在两边石崖根下,整日整夜,扑上来,又退下去,吃水线一层一层蚀在那崖壁上,软的东西就这么一天一天将硬的石崖咬得坑坑洼洼。而靠近水面的地方,暗洞就淘成了,水在里边酝酿、激荡,发出如瓮一样嗡嗡韵声。冬日,或天旱之夏,水落下去,那石洞就全然裸露,像一间一间房屋,沿河边过往的人，有雨在那里避淋，有日在那里歇凉。一到涨水，远近的人就站在石洞顶上突出的地方，将粗长麻绳一头系在身上，一头拴在石嘴，探身在那里捞取上游冲下来的原木、柴草，或者南瓜、红薯。

资料来源：贾平凹.商州初录//贾平凹文集：第5卷.西安：陕西人民出版社，1998：104-105.

贾平凹对故乡进行了全方位的描绘与解读，用情十分深厚，1983年写出了《商州初录》，接着又写了《商周又录》和《商周再录》。贾平凹曾在二十九岁时填写了一个性格心理调查表，让我们看到一个曾经懦弱的人成了文学上的强者。

贾平凹二十九岁时填写的性格心理调查表摘录

我出生在一个二十二口人的大家庭里，自幼便没得到什么宠爱。长大体质差，在家干活不行，遭大人唾骂；在校上体育，争不到篮球。所以，便孤独了，喜欢躲开人，到一个幽静的地方坐地。愈是躲人，愈不被人重视；愈不被人重视，愈是躲人；恶性循环，如此而已。懦弱阻碍了我，懦弱又帮助了我。从小我恨那些能言善辩的人，我不和他们来往。遇到一起，他愈是夸夸其谈，我愈是沉默不语；他愈是表现，我愈是隐蔽；以此抗争，但神差鬼使般，我却总是最后胜利了。

资料来源：贾平凹.性格心理调查//贾平凹文集：第14卷.西安：陕西人民出版社，1998：13.

贾平凹认为自己的性格是由"内倾型"和"独立型"组成的。而两年后诞生的《商州初录》，是贾平凹语言风格转型的开始，这其中很大一部分原因是他在性格上的转变。三十来岁的贾平凹心态年轻，家庭和事业比较顺利，相较从前性格有一些变化和飞跃。这一时期他偏爱世间风情，不但写出《商州三录》，还推出了各地的游记，上至大漠，下到江南。他的语言风格也从最初的抒情诉理慢慢变得理性冷静起来，开始有意识地在语言风格上进行转型，写实和客观化开始渐渐成为他在语言风格上的追求。

商州系列的"人"

贾平凹曾经几回故里,走遍商州的山脉河流,深入了解商州。贾平凹的商州系列作品最令人印象深刻的就是他独特的视角,对于商州的山川地理和民俗风情洞若观火。

在商州的边缘,有一条白浪街。白浪街位于陕西、河南、湖北的交界处。这三省的人民各有各的生活方式,风俗各异,却可以相安无事地共同生活。湖北人待人和气、处事机灵,很讨外来人喜欢。河南人勤劳能干、强悍聪颖,从不为生计精打细算。陕西处在一个中间位置,陕西人勤劳保守、拙于口才,只是本本分分地做事。依着当地富饶的物资,白浪街简直是占尽天时地利人和。

对于陕南人的吃穿住行,贾平凹刻画得十分细致。

商州人性格豪放,肥猪肉用烟火香料熏得焦黄割块吃,一年到头荤腥不断。大楼饭店的吃食只有馍、菜和荤面。荤面里白花花的肉条子让城里人望而生畏,而外面的私人饭店却尝不到陕南风味,所以最好的选择便是摊上的小吃。可不要小看这些路边摊，它们动辄就是祖传秘方十几代传承。摊边往往围了一堆人，大家吃得满头大汗。

这里虽赶不上外面的花花世界，但当地人十分在意自己的衣着。男人们知道下地时裹上白毛巾，女人们知道送饭时穿上鲜红的小袄。年轻姑娘会穿上花花绿绿的衣裳，扭动自己纤细的腰肢，三五成群地出门，发出银铃般的笑声。这些具有鲜明地域特色的风景，别处是很难见到的。

商州人是勤劳的。当地的营生有许多，如割荆条、编笆席、砍毛竹、扎扫帚、挖药、放蜂、烧木炭、育木耳、卖核桃、卖柿饼、卖板栗、卖酸枣等等。自然馈赠了他们丰富的物产，他们便将其转化为生活下去的资本，代代相传。

商州人是好客的。若你赶路时口渴，偷了人家树上几个桃，被发现后主人不但不会责骂你，反而会将你请进屋，双手捧上自酿的高粱酒，端上一碗肥猪肉，再用上声调极高的喊山本领劝酒，这便是商州人的待客之道。家家户户院子里都有或白或黑的瓦罐，里面装满了竹茶叶，取之则分文不收，仿佛舍茶供水是他们的责任。这在商州是平常事，却是现代社会冲击下难得的淳朴。

提及贾平凹作品中的人，可以说，每段故事都有一个鲜活的人物。

第二章
商州系列的"人、事、情"

在陕西省丹凤县棣花镇的一处普通民房里，住着一户姓贾的人家，同一院里还住有一户姓刘的人家。两个拖着鼻涕、光着屁股蛋的孩子因为年纪相仿，总会在一起玩泥巴、掏鸟蛋。时光飞逝，没想到一晃过去两个人待在一起也有了十九年。贾平凹从西北大学中文系毕业之后，就去了西安一家出版社做文学编辑，而那个一起玩泥巴的伙伴刘书征，从部队退役之后，在西安街头做过各种苦力活：捡过破烂，蹬过三轮车，送过蜂窝煤……刘书征丰富的人生阅历为贾平凹的创作提供了诸多灵感，他本人也成了贾平凹《高兴》中主人公刘高兴的原型。

《高兴》讲述的是改革开放之后，百事兴盛，城市的飞速发展吸引着越来越多的农民去城市闯荡。大城市的繁华世界如有魔力，吸引着无数人前赴后继，想要挤进去。刘高兴就是其中一个。刘高兴先是将自己的一个肾卖给了城里人，再是改名换姓和同乡五富一起在城市里靠捡破烂为生。在捡破烂的时候，刘高兴认识了城里各式各样的人，有心地善良的妓女孟夷纯，有游手好闲的石热闹，还有爱慕虚荣的老板娘等等各式各样的小人物汇集其中。小说以第一人称叙事的方式讲述故事，透过刘高兴这个小人物写出了处于时代巨变中小人物的日常生活。

《高兴》一书的主人公是刘高兴,他原名刘哈娃,家住商州的清风镇。贾平凹以"刘高兴在西安背尸坐火车"而被警察抓住做笔录、被记者拍照上报纸这个不同寻常的事件切入,通过刘高兴自述的方式交代了基本情况,也缓缓展开了农民工阶层的都市生活画卷。故事的结尾是刘高兴留在西安城里,送走了五福的家人,而整个故事中间插叙的部分是刘高兴人生中的一个片段,同样也是刘高兴人生中无法忘记的事。

刘高兴一心想做个城里人,渴望从内到外的全部改变,从改名字到穿新衣裳,再到卖肾。卖肾实际上是他内心渴望改变的一种最极端做法。刘高兴以为把肾留在城市,自己就能留在城市。肾留在了城里人的身体里,那他也能留在城市里。他从需要换肾的城里人韦达身上看到了自己的影子,把韦达当成自己在城市里的梦想中的样子。但是实际上生活再一次欺骗了他,韦达需要换的是肝脏,而不是肾脏。刘高兴的肾脏卖给了一个不知道的城里人,但是他依然高兴。他觉得城市人需要他这个肾脏,就像需要他一样。但刘高兴依然和这个城市有着不可逾越的鸿沟,就像是他把自己的名字改了,但仍然被人嘲笑"土"一样。

刘高兴决定来到西安有两个原因,根本原因是他曾经把肾卖给了西安城里人,刘高兴认为肾是人之根本,既然肾早就卖给了西安人,那自己毋庸置疑当然也是西安人,所以一直对西安充满了向往；直接原因是刘高兴的新娘跑了，其实他当初卖肾就是为了盖房娶媳妇，可笑的是新房盖起来后新娘竟然跑了，现实直接促使刘高兴和五富来到了西安。

【经典品读】

《高兴》中描写刘高兴的人物性格

一、我精于心算。在我小小的时候，加减乘除从不打草稿，你一报数字，三位数四位数都行，我就能得出答案。我当然有一套算法，但我不告诉人。二、我曾经饿着肚子，跑三十里路去县城看一场戏。三、我身上的衣服旧是旧，可从来都是干净的。我没有熨斗，在茶缸里倒上开水在裤子上熨，能熨出棱儿来。四、我会吹箫，清风镇上拉二胡的人不少，吹箫的就我一人。五、我有了苦不对人说，愁到过不去时开自己玩笑，一笑了之。六、我反感怨恨诅咒，天你恨吗，你父母也恨吗，何必呀！来买肾的那人说肾是给西安的一个大老板用的，得检查我有没有别的病，查就查吧，只查出我有痔疮，还嫌我身体发福，说了一句：形散神不散……

资料来源：贾平凹.高兴.杭州：浙江文艺出版社，2022：4.

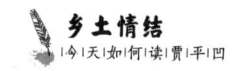

通过刘高兴口中幽默的话语和他经历的事件，我们了解到一个"特别"的刘高兴。刘高兴虽生活在农村，但是上过学，有文化，有想法。他经常教导身边的人要热爱西安，甚至在收破烂收少了的时候，也表示这说明西安是卫生城市，而另外的拾破烂的农民工却认为如果西安城变得卫生了，他们就该喝西北风了；他喜欢吹箫、听鸟鸣，喜爱音乐，同时也喜爱云彩和古代汉语；他对于现实生活中发生的事有独到的哲学性的推断；他爱整洁；他敢于对抗现实，还把名字给改了；他叛逆，甚至爱上了妓女；他会随机应变，当发现五道巷家属院里有其他人收破烂时，就告诉五富要想办法买通门卫，更表达出人和人的关系不在乎什么大事，而全在细枝末节上；他认为自己具有领袖的气质，更认为一个群体需要一个权威。

关于超常规重叠词等的使用

位于秦楚两大语系交融地带的商州语言环境是贾平凹从事文本创作的宝贵语言矿藏。他对商州丰富多彩的民间方俗语词孜孜不倦地吸纳接收、开掘创新。单看其文本中屡屡出现的商州专有名词、方言古语词、熟语词、重叠词、拟声词、鲜活的动词、富有表现力的形容词以及商州特有句式等等，就可见出其文学语言之根深扎在商州方言之中。

资料来源：朱敏.贾平凹"商州系列"超常规重叠词分析.修辞学习，2003（1）：32-33.

刘高兴本人具有十足的乐观精神，从书名中的名字就可以看出来，"高兴"充满了喜悦之情，同时也奠定了此书以人物为主，不是事件先行，而是人物先行。虽说从刘高兴的自述了解他有些主观和片面，但总归能大致摸清楚刘高兴这个人，反观第一人称的方式，提高了故事本身的可读性。贾平凹在创作时"披阅十载，增删五次"，可以说是力求让不了解的人了解整个农民工群体。

虽然小说起名叫《高兴》，但其实际讲述的故事却甚为悲凉。小说的故事性很强，行文中采用的也是贾平凹一贯的带有陕西味的语调，读起来画面感极强。和绝大多数的农民一样，刘高兴没有什么文化，但渴望改变自己的命运。于是他选择和同乡五富一起来到西安，然而现实世界和他的理想相去甚远。刘高兴只能用一种傻乐面对城市的变化："何必计较呢，遇人轻我，必定是我没有可重之处么，当然我不可能一辈子只拾破烂，可世上有多少人能慧眼识珠呢？"没有背景、没有金钱、没有权力，想靠着一身力气在城市中闯出一番天地谈何容易？无奈之下，为求生计，刘高兴只能和五富干起了捡破烂的活儿。小说《高兴》的结尾是悲剧，尽管刘高兴与妓女孟夷纯之间有了爱情，但他们终究不能走到一起。而刘高兴在城里唯一熟识的同乡五富也在一场车祸中不幸去世。

贾平凹赋予了农民工群体太多的关注、同情和爱，展现了一个病态却有情的社会。有些人认为这刻意改变了最初的目的，将农民工阶层的刘高兴描写得太过与众不同；而有些人则认为正是这种"典型性"和"特殊性"深入挖掘了人性的内涵。比如，孟夷纯在初次见到刘高兴的时候，就表示刘高兴不像个农民工，很多城里人是官员，是企业家，是教授，反倒不如说他们才是农民工。这也展现了现在城市人病态的特点，空有一副皮囊，在皮囊之下的又是什么呢？不禁引起我们的思考。

近些年，人们开始注意到农民工这一群体，很多文学作品也在描述他们的生存状态，更是将他们视作"弱势群体"或者"边缘群体"表达同情，然而过度的形式上的关注或许并不被这一群体认可和欢迎。

这样的故事触动了很多都市中的人，甚至是很多并不了解农民工群体的人。刘高兴来到西安投奔同乡韩大宝，原本以为可以真正做一个城里人，融入城里人的生活，但令他没有想到的是却加入了拾破烂的队伍。原来，在城市中拾破烂的人已经逐渐形成一个阶层，分散住在城乡接合部。在这里，刘高兴和五富认识了一起收破烂的朋友黄八、朱宗、杏胡，虽然生活琐碎、普通，但是他们一直在努力地过得开心。能将这样一个群体描写得如此鲜活，贾平凹笔下的刘高兴等实有其人。

贾平凹曾回忆当初创作农民工这一题材的动机和灵感来源。他表示，20世纪80年代，大量农民工进城。在第一批进城打工的人里面，有一部分由于没有技术，进城以后就开始捡破烂。那时候的中国正是城市大拆大建进行得火热的时候，每个城市几乎都是一架高速运转的大机器，产生了大量的城市垃圾，于是就出现了这样一批捡破烂的人，进而形成了一个产业。

贾平凹的自述

当时我在这方面做了很多的了解。西安的好多郊区一个区就有上万人捡破烂。在了解这方面情况的时候，我遇见了我小时候的同学刘高兴，这才知道刘高兴带着他的儿子也在西安城内收垃圾、捡废品。当时我特别有感触，因为我在见到他的时候，他们父子两个就在工厂外面搭了一个棚子，那个棚子是非常小的，父子俩就在那里生活，在里面休息。当时天是特别热的，根本睡不成觉。他就把凉席铺上水再睡。我当时看了以后特别有感触，想到每个人的命运，也包括我自己，如果我当时没有偶然离开农村到城里来，可能我就是在工厂里给人家看大门的。虽然生活很艰苦，可是刘高兴这个人特别幽默，他跟我讲了很多他的故事，讲得特别有意思。我当时就想写一下，想表现一下在那个年代一个农民进城的情况，去致敬那些从农村到城市的打工者。这些人在城市里，根本融入不进去。刘高兴经常拉一个架子车过去，城里人谁也不正视，但他是在清洁这个城市，我觉得这个特别有意思，就产生了欲望，想把这个写下来。

资料来源：贾平凹长篇小说《高兴》英文版全球首发仪式在北京举行的圆桌讨论"《高兴》——苦中带甜的现代中国梦"。

如果将农民工进城放置在离散与移居的视角下，就与"北漂"等社会群体中更多的人产生了共鸣。即便是有错位与不同的生活环境，但都是从家乡移居到新的环境，生活中的一切也许都与最开始设想的完全不同，刘高兴和五富等农民工成了城市中最底层的群体。垃圾是城市发展的附属物，刘高兴在这些附属物中寻找到了属于自己的一片天地。

刘高兴在西安碰到了孟夷纯，她穿的鞋和他买给他新娘的高跟鞋一模一样。作为发廊的洗发妹，孟夷纯也有不为人知的故事。她的哥哥被歹徒所杀，她从开始的洗头妹到后来的卖身妓女，走上了一条身不由己的不归路。卖肾的刘高兴和卖身的孟夷纯，底层人物农民工与妓女这一边缘人物展开了特别的故事，两人所谓的情感，既有些可悲又有些可笑。

  小说中也有不少戏谑之处。刘高兴有些执拗，来到西安后还想找到换上自己肾的老板，他原以为老板韦达是换肾之人，但没想到的是，韦达换的是肝不是肾。此外，五福的死是因为喝酒。刘高兴和五福似乎必然赶上了农民工被拖欠工资一事，老板在安抚刘高兴的时候，送了一桶白酒，也正是这桶白酒导致了五福的死亡。

商州系列的"事"

"故乡"这个词出现时,往往牵着一缕淡淡的乡愁。想起家乡的炊烟袅袅,仿佛闻到了家家烟囱里的烟火气息。想起家乡的潺潺小溪,好像能看到小时候在河套上的嬉戏模样。商州对于外来人可能只是一个地标,但对于贾平凹来说,是他内心深处的柔软。外面的花花世界腻烦了,就更加怀念这灵魂休憩之处。

人们在介绍故乡的时候往往要加上一股惆怅的语气,可贾平凹却是以一种客观的视角描写商州的。商州系列都是在现实的基础上写出来的,在一些琐碎小事上寻找人性的闪光点,如当地人免费舍茶供水、捉鳖者乐观心态下的求爱信。此外,还用现代化的手法咀嚼传统和历史,让带有乡土情怀的作品成为炫美华章。

读到商州的人情世故,脑海中就能浮现出一个个活灵活现的人物,嬉笑怒骂皆有。不管是商州系列的小说还是散文,都有一个共性,就是带有一种古朴的韵味。《商州初录》中写到一则故事。在商州一座如仙境般的山中,住着一位六十二岁的老汉,无儿无女,却身怀接骨的绝活。老汉是沟里最大的名人,常常有人慕名而来。在别处接骨不好造成瘸跛的人来，老汉看一眼，就有自己的绝招疗法。他医术高妙，收费极低。有钱的掏几个，没钱的也就作罢。名声就一传十、十传百地传开了。一天夜里，一只灰狼寻了老汉来为另一只老狼治病，老汉治好后天亮才回家。此事过后老汉名声大噪，人人都佩服老汉的医术。但老汉在家中大睡了三天，醒来后性格大变，从此不肯说笑，看病也不肯收钱。一个月后，灰狼又来找老汉，口中还叼着一堆小孩戴的银项圈、铜宝锁。老汉这才反应过来，狼是吃了多少小孩才有了这些银项圈、铜宝锁，它们现在成了狼给老汉的诊金。老汉一时感觉到自己的罪恶，跑到崖头跳下去摔死了。老汉死后沟中人人痛哭流泪，联合起来将这两只狼打死，狼油在老汉坟前烧了五天五夜。这个故事蕴含了道家思想，用带有神话色彩的方式来探究人与自然的关系。

【经典品读】

《商州初录》中关于神话色彩的描写

给狼看病的事一传开，没有人不起一身鸡皮疙瘩，又个个惊奇，说这野虫竟然会来请医，莫非成了狼精，这条沟怕从此永远遭殃了，却又更佩服起老汉的医术："哈，连狼都请他看病哩！"但老汉却睡倒了三天，起来后性格大变，再不肯多说多笑，也从此看病不再收钱。但是，一个月后，狼又在一个夜里抓他的门了，他拿了菜刀，开门要和狼拼时，那狼却起身走了，那门口放着一堆小孩脖子上戴的银项圈、铜宝锁。他才明白这是狼吃了谁家的小孩，将这戴具叼来回报他的看病之恩了。老汉一时感到了自己的罪恶，对老婆说："我学医是为人解灾去难的，而这恶狼不知伤害了多少性命，我却为它治病，我还算个什么医生呢？！"就疯跑起来，老婆去撑，他就在崖头跳下去死了。

这事是不是真实，反正这条沟里人都这么讲，老汉死的那几天，没有一个人不痛哭流涕。十六家人就联合起来组成猎队，日日夜夜在沟里追捕那两条老狼，三个月后终于打死了恶物，用狼油在老汉的坟前点了两大盆油灯，直点过五天五夜油尽灯熄。至今那老汉的坟前有一半间屋大的仄石为碑，上凿有老汉的高超医术和沉痛的教训。

资料来源：贾平凹.商州初录//贾平凹文集：第5卷.西安：陕西人民出版社，1998：103-104.

不过你要是单单看到其中的情节，便小瞧了贾平凹。贾平凹写作松中有严，松在其轻松的状态，严在他考究的细节。在他笔下，环境描写得令人神往，人物刻画得活灵活现，文字不经意间流露出一股自然和随性。

商州系列的"情"

读贾平凹的书,如品一杯香茗。看、闻、品,层层递进,而后身心舒畅。看书中的人物,闻书中的古韵,品书中的情节,令人回味无穷。《商州初录》以拟笔记体作为文体形式,兼具诗意与抒情,通过散文文体的特点展现出具体的人物和故事,这也是对古代笔记体散文和笔记体小说的一种致敬。

贾平凹的坚持是值得的,他的散文体现了原有的本质,很大程度上唤醒了文章的本来味道。他坚持从"现实"入手,常常聚焦于一些边缘人物。从社会底层一些卑微的人写起,也有弘扬人道主义的意思。大时代大背景下小人物的点点滴滴,更能体现出当时的整个社会状态。他的文章具有一定的流畅性和节奏感,故事富有张力和戏剧化色彩,能够给予读者一定的心理补偿,从而引起读者对其文章的进一步认识和思考。

贾平凹的写作具有现实主义色彩,更添几分情怀。在《商州初录》的《石头沟里一位复退军人》一文中,田家媳妇备受丈夫虐待,暗中与孙家的男子相好。之后孙姓男子撇下了她,田家也排斥她。一时千夫所指,她为了争一口气,表面上利利索索,晚上却常常掩起门来哭。她的顽强受到复员军人青睐,二人结了婚。在《商州初录》的《一对情人》一文中,一对两情相悦的恋人,因为女孩的父亲索要一千二百元的彩礼而没办法结婚。女孩偷了家里的三百块钱交给情人,被父亲发现后毒打了一顿,于是就与情人私奔了。这两者的爱情都是真挚的,却不被亲朋认可,不被周围环境接纳。贾平凹偏偏要用这种方式强调人的价值,突出人作为个体的权利和尊严。即使在当时有悖伦理纲常,可他们依然勇往直前。

贾平凹的商州系列以《浮躁》结尾,别有深意。《浮躁》体现了改革开放后社会的浮躁气息。当时的商州人浮躁而亢奋,这可以看成改革开放大背景下中国社会的一个缩影。"浮躁"代表了当时人的精神状态,体现了改革开放初期人们的无所适从。商州系列的每一部作品都带有贾平凹自己的味道。

贾平凹写文章惯用具有强烈个人风格的语言,而且他拥有强大的叙事能力,摒弃了平常的手法,运用自己独特的叙事方式。他描写商州不是单一叙述,而是多条线索发展。每一个人物都代表了一种社会性格。多角度的描写方式,最后构成一个庞大的格局。

商州承载了贾平凹太多情感,贾平凹赋予了它太多的意义和期望。贾平凹文章中常常运用一些俚语方言,浓厚的乡土气息引发了读者对传统文化和艺术的思考。贾平凹刻意放大城乡差距，在文章中加入了一些农村气息和乡土韵味。他的写作在"土"文化中回归本真，耐人寻味。因为受地区差异或是时代差异的影响，可能有很多人不能领悟到贾平凹写作的精髓。而如果找到欣赏的门径，就能体会到其中淡泊的意境。

贾平凹商州小说的神秘性浅探

贾平凹虽然有着较高的文化修养，不会对道家全盘吸收，但道家那种颇为神秘的思维不可避免地影响着他的精神世界，并强化了其神秘主义色彩。于是，他在现实生活中，在小说中，揭示着种种神秘文化现象。神秘文化现象主要指各种巫术活动，如易占、卜筮、星命、堪舆、气功、相术等。虽然其中多属迷信，但这些文化现象已渗入民间的社会生活和深层意识，有力地影响着人们的文化心理，是探讨民族文化心理、思维特征和集体无意识的主要依据。商州系列中的神秘文化比比皆是。

资料来源：陈艳霄.贾平凹商州小说的神秘性浅探.名作欣赏，2008（14）：82-84.

身处秦楚文化交汇的历史地理环境中，贾平凹深受秦文化和楚文化的双重影响，同时，道家思维也在方方面面影响着他，这些都强化了其作品中的神秘主义色彩，这种神秘主义色彩往往体现在作品叙述的民间的各类生活中。比如《商州初录》中老汉给狼治病，狼以德报德；《浮躁》中民间对阴阳风水的讲究，韩文举卜卦观天象，夜梦土地神。另外，贾平凹也会利用禅佛以魔幻手法，将人物放置在一个充满意味的故事里，故事中的人物好像慢慢地不知道自己是活着还是死了，还经常把阴阳颠倒。他把中国传统文化融入其中，展现出一个与众不同的"商州世界"。商州的传统民俗既"保守"又"创新"，尤其是"创新"，有人说这与古代商鞅变法精神潜存在商州人的内心有关，这个说法虽然不一定正确，但是不可否认，这种求新求变的进取精神不断影响着一代又一代的商州人。

【我来品说】

1. 你认为贾平凹为何执着于描写商州？商州的魅力在哪里？

2. 你如何理解贾平凹笔下商州的地域文化特色？

第三章 望乡与告别：《秦腔》的故乡挽歌

> **导读**
>
> 贾平凹的名字似乎已经与他的杰作《秦腔》紧密相连。这部作品不仅是他对故乡土地的深情告白，更是他独特艺术理念的完美体现。通过深入挖掘中国社会的内在肌理，贾平凹将我们引向了一个充满矛盾、情感纠葛与变迁的世界。在《秦腔》中，他以细腻的笔触描绘了乡村生活的真实面貌，同时融入了大量的魔幻现实主义元素，使得整部作品充满了震撼人心的力量。

第三章
望乡与告别:《秦腔》的故乡挽歌

《秦腔》是贾平凹的代表作之一,也是中国当代文学的重要作品。在《秦腔》的世界中,我们看到了乡村生活的真实写照:传统的农耕文化与现代科技之间的冲突、家族观念与个人自由之间的矛盾、乡村的封闭与城市的开放之间的对比……这些复杂的社会现象在贾平凹的笔下得以生动呈现,让人深感震撼。透过清风街的往事探究中国乡土问题的症结所在,那些因城市化进程而被无情冲击的乡土风貌、因历史潮流涌动而被消解的美好回忆、让人焦灼的农民生存问题,以及对滋养传统文化的沃土逐渐消失殆尽的忧虑,逐渐转化成贾平凹对于文学的想象与写作的欲望。于是,他通过文字的力量,借《秦腔》为读者吟唱了一首饱含深情的故乡挽歌。

《秦腔》的主题变迁

2008年11月2日，第七届茅盾文学奖颁奖仪式在茅盾先生的故乡乌镇举行，贾平凹在这个仪式上接过了人生中第一个茅盾文学奖。贾平凹说自己在得知《秦腔》获奖的消息后，"燃一炷香，敬在佛前；再燃一炷香，敬在父母遗像前"，然后说了五个字："天空晴朗了"。此前，他的《高老庄》《怀念狼》《病相报告》都曾入围，只是次次入围，次次落选。贾平凹打趣自己说，"每次落选茅盾奖都好像穿了新衣服去等车，每次却都走了回来"。

以高产著称的贾平凹写作速度非一般作家可比，常被称赞才气横溢、倚马可待，一日成短篇，一周成中篇，一月出长篇草稿。相比之下，《秦腔》写得有些慢，历经了一年零九个月，贾平凹专心致志在书房"闭关"之后才完成。2005年，《秦腔》出版，此时距离上一部对他的作家生涯产生关键影响的作品《废都》的出版，刚好过去了十二年。十二年，在中华传统文化中正好是一个生肖的轮回。

第三章
望乡与告别：《秦腔》的故乡挽歌

获得茅盾文学奖对于贾平凹来说有着非同一般的意义。《废都》问世后，巨大争议的阴影延续了十几年，迟迟不能再版，靠盗版书活跃在读者中间。对于他多次入围茅盾文学奖落选的事，人们也纷纷怀疑与那场争议有关。就连贾平凹自己心中也是有疑虑的。他曾在获奖之后直言："以前落选可能是作品还没写好，也可能有《废都》的影响。"就在获得第七届茅盾文学奖这件事尘埃落定之前，还曾有贾平凹得票倒数第一再次落选的小道消息疯传。然而与网传消息相反，在起点中文网发起的网友心中最应获得茅盾文学奖的作家作品评选活动中，贾平凹的《秦腔》以 30% 的得票率位居榜首，呼声最高。最终结果公布，与网友们的投票情况相比，评委们的意见则更为统一，《秦腔》最终以全票获得茅盾文学奖，赢得毋庸置疑。人们议论道，贾平凹可以松一口气了，这位当代文坛举足轻重的作家终于迎来了新的转折。西安市委宣传部为祝贺贾平凹小说《秦腔》获得茅盾文学奖，还专门召开了座谈会。

《秦腔》中的张引生是清风街的一个村民，是附近人人皆知的"疯子"。他虽然的确会时不时有一些貌似不正常的举动，但又并非完全思维混乱、不清醒。清风街上的事无论他自己在不在场，他似乎都知道，且能以第一人称叙述出来。

张引生单恋着村里一个叫白雪的女子。白雪善良、美丽，是一个秦腔演员，她所属的家族白家算是村里的第二大家族，而第一大家族就是白雪所嫁的夏家。虽然村委会已经实行了民主选举，但无论是从哪个方面来说，夏家对于清风街的影响是绕不开的。夏家的年长一辈是四兄弟，分别以"仁""义""礼""智"起名：夏天仁、夏天义、夏天礼、夏天智。其中大哥夏天仁已经过世，留有妻子和儿子夏君亭；夏天义长久以来担任村干部，在清风街颇有威望；夏天礼热衷于贩卖银圆，最后死于凶杀；夏天智是知识分子、"老校长"，他的儿子夏风走出故乡，成了知名作家，是村民眼中年轻一辈最有出息的，也是白雪的丈夫。

　　清风街原本的秩序几乎由村干部夏天义所代表。他忠于共产党，也关心村民和村里的未来，有原则、有魄力、有头脑，长久以来深受村民拥戴。然而这样一位老干部终于也马失前蹄，因为反对修国道占用村里的土地而被上级罢免。被罢免后的夏天义仍然关心着村子的命运，努力维持着农民以土地为本的秩序，但已经越来越艰难，逐渐受到家庭和政治的双重冷落，处境凄凉。夏天义被罢免后夏家年轻一辈的夏君亭成为村干部，夏君亭是主张积极迎合新变化的一类人，他为了成功推行建农贸市场的计划，不惜与村里的恶人三踅结盟，并且用举报打牌的方式打击与他主张不合的另外一位村干部秦安，成功掌管了村子。建农贸市场的计划后来成功了，的确为村里吸引了外地的商人，带来了繁荣，但却超出了夏君亭可以控制的范围。村

第三章
望乡与告别：《秦腔》的故乡挽歌

里原有的道德秩序进一步瓦解，贫富差距进一步拉大，在村里占有一些优势的强者率先富起来，而那些原本就处于弱势的村民则更加贫穷，甚至一度发生围攻乡政府的冲突。

秦腔作为一种具有浓厚地方特色的戏剧种类，是真真正正受到清风街的人们喜爱的。一段段的秦腔时常飘荡在村子里，然而随着村庄的变迁，秦腔的地位在不知不觉中下降，以至微不足道。白雪热爱秦腔，不顾丈夫夏风的反对坚持要留在县剧团里，这并不能改变丈夫瞧不起秦腔的事实。夏中星当上县剧团团长，信誓旦旦地说要重新振兴当地的秦腔表演，但到头来只是以此为跳板，谋求升官发财。张引生作为叙述者，也十分热爱秦腔，心中常常响起秦腔的声音，但随着农贸市场的建设、村庄的繁荣，流行歌曲逐渐抢走了人们对于秦腔的喜爱，任张引生脑中回荡起再多秦腔也无济于事。如果说村庄的经济形态变化是现实的那一部分的变迁，秦腔的失落则是文化的那一部分的变迁，曾经的一切都在离清风街村民远去。热爱秦腔的白雪与鄙夷秦腔的夏风最终也因为生出了残疾的女儿而分道扬镳。

当受人尊敬的"老校长"、夏

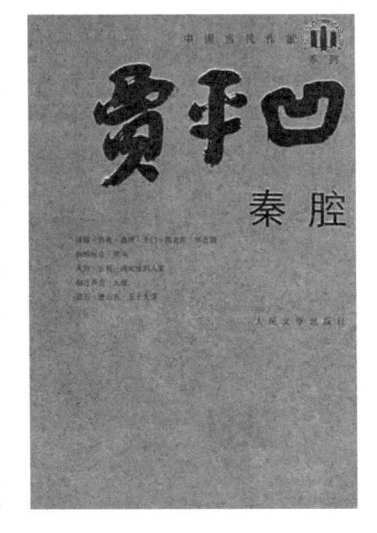

风的父亲夏天智因病去世时,村子里的年轻人几乎都已经外出打工或者是搬走,竟然凑不够几个抬棺材的壮劳力,人们在惊骇之中彻底感受到清风街的败落。随着一场意外的发生,为这片土地拼尽一生的夏天义也离开人世。他是老一辈中的主心骨,人们不知道应该怎样概括他的一生,只能暂时留下一块空白的石碑等待夏风回来填补。

第三章 望乡与告别：《秦腔》的故乡挽歌

《秦腔》的意象对比

　　张引生是"疯子"，是清风街的底层，他没有家人，又因为痴恋与羞愤而"挥刀自宫"，似乎再没有比他可怜的人了。夏风是作家，他因为自己的名气和地位"见官大一级"，是村里所有人的骄傲，还娶了村里最漂亮的女人白雪，似乎再没有比他更令人羡慕的人了。然而这样可怜的张引生是故事的叙述者，伴随着荒诞与神秘兼具的一些情节细节，几乎是故事世界里的"神仙"；而那样完美的夏风却并不讨人喜欢，几乎是反面角色。

　　首先让张引生与夏风联系在一起的人，是全村男人的梦中情人白雪。白雪几乎是完美的，张引生与白雪之间的巨大差距一开始让所有人，包括读者在内，都很容易觉得是张引生"癞蛤蟆想吃天鹅肉"，觊觎白雪的美貌，谈不上什么爱情。加之他思念白雪的内心活动常常是傻气的、幼稚的、惹人发笑的，永远试图为自己的心理暗示找出证据而又永远失败，更让人无法将他的爱情当真。但随着情节的发展，人们会看到张引生是真正的痴情。他因为偷拿了白雪的衣物被发现而羞愤自残，不仅造成了身体残疾，还成了全村人的笑柄，但他对白雪的感情毫无改变。当有人要给他"找老婆"时，张引生说自己"要穿穿皮袄，不穿就赤身子"，表示自己得不到心爱的白雪，宁愿终身不娶。这话在当时颇像张引生因为嫌恶别人介绍的女人丑陋而自我标榜。但一直到故事结尾，张引生都没有改变自己的痴心，即便白娥喜欢他，甚至勾起了他的欲望。

同样是对待爱情，夏风则始终表现得较为冷漠自私。故事中看不到夏风以一种关心的态度去对待白雪，他始终是坚持自己的想法要求白雪听从。他在没有获得白雪同意的情况下着手给白雪"换工作"，让她离开热爱的秦腔，并在白雪拒绝之后一直为此事与她不和。甚至在孩子出生后，他发现孩子身体有残缺而亲手丢掉，并且因为白雪不愿意放弃孩子而与她分道扬镳。

相比之下，张引生始终以一种有情义、有爱心、有人情味的方式对待世界，不仅仅是对白雪的痴情。他崇拜夏天义的胆识和魄力，这种崇拜之情并不因夏天义的权力起落而变化。村里人都尊敬夏天义时，张引生跟在夏天义身后，被人戏称是"另一个来运"（来运是常常跟在夏天义身后的一条狗），但张引生不以为意；当夏天义失去政治地位，甚至因为执着于淤地在村里招人嫌的时候，张引生依旧跟在夏天义身后。他同情弱者，当白娥因为丑事暴露被村里人欺负时，他为白娥打抱不平，并无所图。他关心村子的命运，当夏天义为了村里的秧苗去找电站站长开闸放水的时候,张引生用镰刀划破自己的手臂,鲜血直流,以一个"疯子"的方式震慑住了阻拦放水的人。他通感着周围的草木、动物,相信它们都有着欢乐和疼痛。反观夏风,不仅对爱人冷漠,对女儿狠心,而且对父母亲人和家乡的一切也都没有真正的关心。他不在意父亲的忧思,不关心村子的未来,仅仅在寻找素材的时候才会来兴趣,利用完了也不会挂在心上。在夏风的内心,家乡虽然是创作的宝库,但又令他嫌恶和轻视。

张引生和夏风的反差,除了是对现实世界的一种讽刺,也是《秦腔》给予真情之人的一种赞美。"疯子"张引生那或许不堪或许混乱的样子之下,是一颗至情至性的赤子之心。从对白雪的爱情到对夏天义的追随,张引生的存在,总是给读者一记沉重的诘问,诘问每个人内心的势利与肤浅,给人们留下淡淡的却挥之不去的感动。所以尽管神秘诡异,当人们合上书之后,再回忆起张引生如神仙般通感草木、动物的描写,更觉那是张引生的真实世界,而不仅仅是一个"疯子"的臆想。

【经典品读】

关于《秦腔》中张引生的原型

人窝里,我看到了邻村的引生。他是个疯子,过两天

> 清醒了，过两天又疯癫，而且是个自残了生殖器的人。他早早死了娘，跟一个终年害红眼病的父亲过日子，家贫到光腿打得炕沿响的程度，但吃不饱穿不暖并不影响到性，甚至更强烈。可哪里有女的肯进他家门的呢？……在没有了生殖器的一年之后，引生发现终日的烦恼并不只是那根东西引起的。而没有了那根东西却遭受了所有知道情况的人的轻视和耻笑，于是，他就疯了。
>
> 资料来源：贾平凹.我是农民.北京：中国社会出版社，2006：86.

夏天义与夏君亭是清风街的两代村干部，也是夏家的叔侄。

夏天义是典型的老一辈领头者，一个"义"字凸显了他的人物性格。张引生说他"是共产党的一把枪，指哪打哪"，这话不假，但归根结底，他忠于自己的家乡。多年前县里准备征用村里的地炼焦炭的时候，深信"土地为本"的夏天义不顾领导生不生气，带头反抗并成功保住了村里的大片土地。几十年后，县里明明有更好的方案却不知为什么没有采用，而是选择占用清风街的土地修国道，"破坏了清风街的风水"。夏天义继续带头反抗，却没有成功，还因此失去了政治地位。人们都以为失去了政治地位、保守又顽固的夏天义不再是清风街的主心骨了，但当县里来的干部不顾实际引发群众"围攻"的时候，夏天义

第三章

望乡与告别：《秦腔》的故乡挽歌

再次以自己的身体为一道墙保护了清风街。这样的夏天义不能说不是个英雄，但又是一个被时代变化所碾压的悲情式人物。历数夏天义晚年悲情命运中的几大事件：因为反对312国道路过耕地而被下马是第一件，与侄子夏君亭的"淤地还是建市场之争"落败是第二件，反对村里用七里沟换鱼塘"讨了全村的嫌"是第三件，为了淤地与家人关系闹僵变成孤家寡人是第四件，在一场自然灾害中被"活埋"在了七里沟是第五件，死后仍得不到好好安葬、几个儿子还在为买墓碑的钱吵得不可开交是第六件。

夏君亭与夏天义截然不同，他不相信土地为本，认为村民"现在缺的不是粮食，是钱"，应顺应修国道这个外部条件，坚持修建农贸市场，使村子繁荣起来。应该说，在这一方面夏君亭是有先见之明的，而且他是一个想"干大事"的人，有志于做出一番有意义的事业而不是简单地谋求升官发财，是一个有追求的村干部。但夏君亭又有阴险的一面，为达目的不择手段，在"淤地还是建市场之争"中，他为了能让建农贸市场的主张实现，先是不惜与村里的恶人三踅结盟，再通过举报秦安打麻将赌博来打击主张淤地的一方，成功实施了自己建市场的主张。他和三踅反目后，为了阻止三踅去乡里告自己，又设计让三踅被捉奸，为此不惜让自己的堂兄弟庆玉和有夫之妇的丑事被曝光。与夏天义当村干部凭借着对家乡和土地的炽热忠诚不同，夏君亭当村干部当得更为圆滑，涉及自己不想管的事他会躲开，涉及政治前途和家乡人民这种两难的事他会尽量撇清自己在其中的责任。当"年终风波"发生的时候，夏天义的反应是挺身而出，而夏君亭则是百般为难之后决定自己不露面，让手下上善去看情况。

叔侄两代人相比之下，夏君亭显然在新时代更加游刃有余。夏天义晚年的悲情命运，在于他与侄子夏君亭不同，不能理解和顺应商业社会的发展方向，但夏天义英雄的一面，也在于他与夏君亭不同。因为他植根于土地的那种信念，在灾难到来的时候，他不会选择躲闪。但贾平凹也没有把夏君亭设置成一个反面角色。适者生存，生存下来的人并不代表就有原罪，只是他在夏天义这个人物身上，显然倾注了更多的赞美和感情。夏天义并不是道德最高尚、最完美的，但却是全书最可悲、最可叹的，一如黄昏中地平线上的太阳，一如尚在不远处向人们挥手的历史。《秦腔》中有多处让人为夏天义痛心的情节描写，越到故事的后半部分越为明显，在那些令人痛心的文字背后，是夏天义所代表的一种精神在滴血。

秦腔不仅作为小说的书名，而且在全书中无处不在，甚至还配有乐谱，人们开心时唱秦腔，郁闷时也唱秦腔，着急上火无可奈何时还是唱秦腔。"老校长"夏天智曾说秦腔比酒有用，用放秦腔来为干活的人鼓劲，人们听了秦腔后果然来了精神。

流行歌曲的传播对于秦腔的地位有很大的动摇。外来的小伙陈星就凭着会唱流行歌曲得到了许多人的赞赏，和夏家的女儿翠翠谈起了恋爱。

虽然秦腔在清风街居民的生活中尚未缺席，但却已经一点一点地现出没落的迹象。夏风和白雪的婚礼上请来的名角三十年前就是名角，三十年前来清风街唱了一场《拾玉镯》，三十年后依然是她来，可见秦腔演员已经青黄不接。在夏风的弟弟夏雨筹备酒楼开业庆典的过程中，东拼西凑仍然凑不够一台大戏的人手，许多奏乐的演员还都是村里平时从事各种不同工作的业余演员，险些要陈星唱流行歌曲代替秦腔表演。最终虽然还是表演秦腔，但又闹得十分尴尬。

故事的前半段，可以在许多人的口中听到人们对于秦腔与流行歌曲的对比，似乎流行歌曲注定要取代秦腔，然而随着故事逐渐发展，秦腔和流行歌曲的"敌对"关系似乎变得不再明显。秦腔继续发展无望，夏中星嘴上说着要振兴县剧团，结果只是以此为升官的跳板，老艺术家想录磁带找夏风帮忙遭到拒绝。只有秦腔脸谱最终得到了出版，而且是夏风为了让自己的父亲夏天智早点放下秦腔使然。但流行歌曲作为新文化也并不见明显地席卷清风街，相反倒是年轻人越来越多地离开家乡，无人再捧流行歌曲的场。翠翠也离开了本地，没人再崇拜地听陈星唱流行歌曲，陈星引以为荣的歌喉则变成抒发失恋苦痛的出口。当张引生跟随夏天义在七里沟干活的时候，不远处传来的却是陈星独自悲伤的情歌。翠翠再次回到村里后，陈星以为也许二人能重归于好，但书中已经暗示翠翠受外面的影响变了一个人，把男女关系当成金钱交易的工具。陈星再也无法用新鲜的流行歌曲打动翠翠，能打动翠翠的恐怕只有金钱。曾经看似来势汹汹要对秦腔取而代之的流行歌曲没能在村子里取代秦腔，却和秦腔一起败给了金钱社会。

传统的艺术没落了，但依然受到老一辈人的喜爱，流行文化兴盛了，但并不兴盛在乡村。在清风街，不只是秦腔没落了，连这片土地的文化都没落了。夏天智在得知夏风与白雪离婚后，立下遗嘱不准夏风进门，还让张引生拿大喇叭放出一场秦腔《辕门斩子》，这种愤怒与悲伤又何尝不是对这片土地上文化没落的失望？

在《秦腔》中，生命的诞生与消亡是一对令人印象深刻的意象。

书中对于刚出生婴儿的描写不多，主要就是夏风和白雪的孩子，以及白雪娘家堂嫂改改的孩子。两个孩子都是九死一生地来到这个世界上的。白雪和夏风的孩子因为出生时没有肛门而被夏风遗弃至河堤旁，幸而家人寻回，为孩子做了手术使孩子存活了下来。改改的孩子是第三胎，属于超生，原本改改已经被村干部拉到了"大清堂"准备实施人流，然而就在这时改

第三章
望乡与告别：《秦腔》的故乡挽歌

改临盆了，让医生赵宏声犯了难，心狠手辣的村干部刘西杰打算等孩子一生下来就"处理掉"。巧的是就在改改的孩子刚落地时，室内突然断了电，改改的婆婆趁机抱走了孩子。书中较少提到清风街的小孩子，而刚出生的孩子，命运又是如此凶险。除了人类以外，书中对其他刚出生的生命也较少描写，较为突出的就是令夏天义惊喜不已的"麦王"，一株在寒风中长得出奇茁壮的麦穗。夏天义和哑巴像伺候婴儿一样保护这株麦穗，在它长成"麦王"后，夏天义把它高高地悬挂在土地庙里，然而不久之后它还是被损毁了。

《秦腔》中描述生命的消亡的篇幅远远比描写生命的诞生更多。不仅仅是夏天义、夏天智的死，整部书中以各种不同方式消散的生命数不胜数。秦安得了绝症；夏天礼因为贩卖银圆，被人劫财殴打致死；夏中星的父亲荣叔得知自己得了绝症之后，将自己活活封死在木箱之中以期望尸身不腐；村里的狗剩因为"破坏退耕还林"被罚款而自杀；村里的屈明泉因为受邻居金江义一家欺负，杀了金江义的老婆之后自杀；在外打工的白路从脚手架上掉下来摔死了，他的包工头英民为了赔偿倾家荡产，之后在外打工也在工地上遭遇了意外。桩桩惨事，举不胜举。除了人命以外，白果树上那一窝鸟的死和赛虎（狗）的死，同样描写得令人心惊胆战。甚至被砍伐"流血"的椿树、被拖拉机撞倒的苹果树，都让人感受到对生命消逝的恐惧。

在荣叔留下的笔记里，记载了一系列他算到的其他人的结局，其中"夏天义埋不到墓里"在故事结尾已经应验，"夏天智住的房子又回到白家了"也暗示会成真，让人不免相信其中对于另外一些人的死亡预言也将会成真。读者看到这些预言不免与张引生一样"脊背发寒"。有分析认为这一段预言可以明显看出贾平凹对于红楼梦的借鉴，主要人物的命运都有伏笔，然而不管是否借鉴自红楼梦，《秦腔》中大量对生命陨灭的叙述和令人触目惊心的描写，都使其中的悲剧色彩更为凸显。

生命的陨灭是直接的悲剧，而新生生命的稀落和面临的危险则从侧面突出了一种总体走向悲剧的气氛。如同许多研究者所形容的那样，《秦腔》是一曲挽歌。户籍属于清风街的人口或许并没有变少，但过去的清风街已经不在了。

《秦腔》就像鲁迅笔下的"鲁镇"，虽然是虚构的，但却比真实的地方更显真实，它由于包含着大量集体记忆而引发了人们的高度共鸣。这些集体记忆为人们回顾了许多历史，又展示了许多正在发生的现实。一段段集体记忆像艺术品上的一块块宝石，又像老树身上的一条条伤疤，自然而醒目地点缀在整部作品之中。

涉及老一辈的一些集体记忆，一方面在开头便由张引生借着讲述夏天义的故事讲出,另一方面又在结尾由夏风的眼睛看到的县志内容讲出,从土改到人民公社化,从"大跃进"到"文革",这一段段历史在清风街不再是历史书上描述的抽象阶段,而化作一桩桩大事小情,精练生动,又十分直接。例如张引生在叙述夏天义与自己已故父亲的关系时说:"我爹是给夏天义当了一辈子副手,每一次换届,夏天义都要留用我爹,但每一次运动来了需要拔白旗,夏天义就要批判我爹。"[1]

《秦腔》中夏风看到的县志原文

8月,按照中共中央主席毛泽东关于"还是办人民公社好"的指示,仅十天时间,全县实现了人民公社化。……9月上旬,为迎接中央水土保持检查团,全县调集5万农村劳动力(占总劳力38.7%)从华家岭、马营、城关、碧玉、鸡川160华里的公路沿线上大搞形式主义的水土保持工程,严重影响了秋收、秋种、秋犁。是年……全县农业高指标、高估产、高征购,上面逼,下面吹,弄虚作假十分惊人,粮食实产1.15亿斤,上报2.6亿斤,征购4154万斤(占总产36%),人均口粮不足30斤,致使人民群众以草根、禾衣、树皮充饥,开始出现人体浮

---

[1] 贾平凹.秦腔.北京:人民文学出版社,2013:40.

肿现象。

资料来源：路生.《通渭县志》：1958—1960年间的一些数据//大西北文化苦旅.武汉：崇文书局，2011：197-198.

涉及较近甚至正在出现的现象，则是在故事整体当中一点点渗透展现，或在某些情节中集中描写。小说开篇不久，周俊奇作为电工到处收电费，收不到电费就扬言要断电，这似乎只是一件小事，然而却掀开了地方财政危机的一角。普通人欠电费断电很容易，但对欠电费多的三蹅开的砖厂却不敢轻易断电，因为怕断电之后完全没希望要回之前的电费。各种原因导致债务收不回来，村里欠外面的钱却随着各种建设越来越多。这种危机像滚雪球一样在整个故事里越滚越大，一定程度上导致了故事接近结尾时"年终风波"这一群体事件的发生。

离婚、外出打工、荒地的现象也是从渗透到爆发式的展现。最初是夏天义最不成器的儿子庆玉与武林的妻子黑娥的婚外恋给他们的婚姻敲响警钟。随着故事的发展，不但庆玉和自己的妻子菊娃离婚，武林被迫跟黑娥离婚，屈明泉的老婆外出打工不再回来，就连人们眼中的神仙眷侣夏风和白雪也离了婚。外出打工的人并不是故事当中的主角，就像翠翠的离家，只是被偶尔一提，但当故事结尾夏天智去世时，村子里竟连几个抬棺的壮劳力都凑不够。而荒地，最初只是周俊奇因为身体不好又缺人手空了一小块，夏天义不忍看耕地荒芜还要租来种，而到故事结尾，全村的耕地已经大片大片荒芜了。

《秦腔》不是社会学的教科书，但却用艺术的方式凝练了现实。大量的集体记忆和社会现象以一种浑然天成的方式凝结在故事里，使得此书的质感和分量从一开始就非一般文学作品可以企及。虽然清风街的故事本身是错综复杂的，但当大众的集体记忆或是人们刚刚经历的社会现象在故事中展开时，无论是清风街还是其他无数的乡土村落，都似乎在人们眼前脉络清晰了起来。

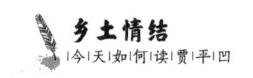

《秦腔》的日常叙事

《秦腔》的叙事风格被贾平凹自己称为"密实的流年式的叙写"。然而评论者对于《秦腔》的叙事风格所采用的词语常常是相悖的,因为秦腔是"节奏缓慢的""生活流的",但又是"内容紧密的""信息量巨大的"。评论者对于《秦腔》的这种看似矛盾的描述来源于作品本身的特点。

小说中有一句话:"清风街的故事从来没有茄子一行豇豆一行,它老是黏糊到一起的。"[1]故事虽然大体上按时间先后顺序向前发展,但叙述却并没有一直保持在整体的时间线上。作为第一人称叙述者的张引生,常常像一个和读者唠家常的亲戚朋友一样,为了"说清楚",时不时地在讲述中按照自己的思路插入一些因果背景,而这些插入的"材料说明"又常常充满各式各样的细枝末节,让人感到漫无边际,摸不着头脑。这也就是秦腔给人"节奏缓慢"之感的原因。

---

[1] 贾平凹.秦腔.北京:人民文学出版社,2013:94.

第三章

望乡与告别：《秦腔》的故乡挽歌

例如小说中有一段讲到村子里出现了署名"张引生"的"小字报"，在讲述完人们看到"小字报"的反应之后，小说另起一行写道："现在我交待，小字报就是我张引生写的。"这似乎是张引生要直接向读者表明心迹，说明自己为什么要写"小字报"。然而张引生紧接着却开始说自己前几天见到了丁霸槽和金莲，差点把金莲认成白雪。之后虽然提及了自己写"小字报"的直接原因，即听说村干部要用村里的地换鱼塘，但是也没有说出自己反对的理由和心情，而是又继续说他在听说这件事以后如何跟别人聊起这件事，最后才简单带过了自己写"小字报"的过程。甚至在小说里最紧张的"强制堕胎""年终风波"等事件当中他也是在叙述到紧张处又开始说一些旁枝末节不相关的事，最后再说回来。

这种写作手法在一定程度上受到后现代文学的奠基者之一乔伊斯的影响。乔伊斯被称为 20 世纪最伟大的作家之一，其意识流的写作思想对后世影响深远。其作品中，常常让人物从正在进行的事情中游离出来，将无数看似无关的思绪汇入其中。正如贾平凹所说，"现实的枝蔓特别多，我想把生活的这种啰唆繁复写出来"[1]。

但充满枝蔓的日常叙事并不是《秦腔》所体现出来的唯一

---

[1] 蒋正治，郭娜.《秦腔》研究.西安：陕西师范大学出版总社，2022：31.

特点，尤其当故事进行到中后部分时，用"密实"两个字形容再恰当不过了。《秦腔》从故事开头到故事结尾其实只有一年多的时间，但却给人一种一二十年的感觉，这也就是为什么贾平凹说自己进行的是一种"密实的流年式的叙写"。小说中常常将大小不同的事件进行无缝衔接，有时甚至给人一种应接不暇之感。

例如张引生路过中街随便介绍起染坊和清风寺的时候，说起了清风寺院子里白果树上"一家鸟"的灭绝，所着笔墨虽然不多但却十分凄厉，给人以强烈的冲击。然而之后仅用一句"白果树上的鸟遭到灭绝，正是312国道改造的时候"，就将话题引到了312国道的事情上，完全不加任何缓冲，接着又用不过两句话，就引到了夏天义对自己的能力过分自信，为阻拦312国道路过耕地而失去村干部一职的事。

这些"密实"的内容看似杂乱，其实每一个重要的情节都是在不知不觉中由一处"闲笔"一点点滚雪球式地展开的，最后发现的时候，已经演变为一场不可逆转的雪崩。就像处处埋下伏笔而终于爆发的"强制征缴税费"和由之引起的"年终风波"，又如时不时提及的"打工""去城里"突然变成全村只剩下老弱病残。贾平凹总是给事情的起点和发展留下一些并不隐晦但却惹人轻视的情节，直到无法挽回时才将全貌一举揭开，让人瞠目结舌的同时却又能清清楚楚地记得此前的种种迹象。这种恍然间带给读者的突然一击,也是现实带给过作者的错愕。

对于具体的语言,《秦腔》比起贾平凹之前的作品更加口语化,更加贴近生活,就如前面提到白果树上的"一家鸟",又如提到清风街的村干部不好当时说清风街"费干部"。小说中作为作家的夏风不再有多少说话的机会,作者避免去用一些富有哲理色彩的语言对人物进行"提升"。语言与叙事,共同构建了这"一堆鸡零狗碎的泼烦日子"[1]。

贾平凹谈故乡的消亡

我目睹故乡的传统形态一步步消亡,想要保存消亡过程的这一段,所以说要立一个碑。以后农村发展了,或者变糟了,与我都没有关系,但起码这一段生活和我有关系,有精神和灵魂的联系——亲属、祖坟都在那里。以后再回去,年纪大了,谁也不认识我了,发生什么变化我也不熟悉了。用这种不分章节、没有大事情、啰里啰唆的写法,是因为那种生活形态只能这样写,我最初的想法就是不想用任何方式,寓言啊,哲学啊,来提升那么一下。《高老庄》《土门》是出走的人又回来,所以

---

[1] 韩鲁华,郭娜.《山本》研究.西安:陕西师范大学出版总社,2022:205.

才有那么多来自他们世界之外的话语和思考。现在我把这些全剔除了。

资料来源：贾平凹，郜元宝.关于《秦腔》和乡土文学的对谈.上海文学，2005（7）：58-61.

《秦腔》的故土新变

《秦腔》的出版让许多人觉得贾平凹的写作风格与以往相比发生了改变，除了"密实"的叙事风格，他对于故乡的整个心情似乎都变得不一样了。故乡发生了巨变，对于贾平凹而言，故乡已经失去了记忆中的模样，那些具有"一新一旧"意味，对比强烈的人物、意象，无不凸显出这种氛围。

告别故乡，告别的是那种农民与土地紧密依存的生活方式。人们曾经热爱土地，信赖土地，为土地"抛头颅洒热血"。因此，夏天义可以自豪地对子孙后代说，这片土地曾经差点被炼焦厂祸害，是我们这一代人的集体反抗才让炼焦厂挪了地方。可是子孙后代却对夏天义说，那被炼焦厂"祸害"的地方现在成了城镇，而我们这群守着土地的人却依然是最穷的农民。那些曾经让人引以为豪的东西莫名成了拖累。夏天义拜托侄子去做个石碑求上天庇护风调雨顺时对侄子说，土改刚分了地的时候怕守不住，让人在石板上刻了五个字"泰山石敢当"立在地头，果然地主再也没翻身。侄子表面上答应了，回去却做了个

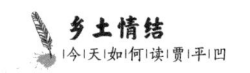

"泰山石敢当"石碑立在自己的酒楼前。在精明的年轻人眼里,即便要寻求上天庇护,也不值得为了土地去这么做。

从"回去"到"告别"

农村的变化我比较熟悉,但这几年回去发现,变化太大了,按原来的写法已经没办法描绘,农村出现了特别萧条的景况,很凄惨,劳力走光了,剩下的全部是老弱病残。原来我们那个村子,我在的时候很有人气,民风民俗也特别淳厚,现在"气"散了,起码我记忆中的那个故乡的形状在现实中没有了,消亡了。农民离开土地,那和土地联系在一起的生活方式,将无法继续。解放以来,农村的那种基本形态也已经没有了。解放以来所形成的农村题材的写法,也不适合了。

资料来源:贾平凹,郜元宝.关于《秦腔》和乡土文学的对谈.上海文学,2005(7):58-61.

告别故乡,告别的也是故乡曾经的那样一种淳朴气息,一种农耕精神。

曾经人们提及农民,总会想到狭隘落后的思想以及斤斤计较的小农做派,却很少意识到,农民也是有一种精神在的,也承载了中华民族伟大的历史。在巨变发生的时候,人们只能隐

第三章

望乡与告别：《秦腔》的故乡挽歌

约感觉到内心的复杂，似乎除了现实以外也仅剩一些精神和情感的失落，这是因为人们以前从来没有用肯定的眼光去看待农耕文化、农耕文明，更不认为有一种农耕精神存在。也许相比于工商业时代，农耕文明曾给人们的心理带来过太多慰藉和支持，只是人们习以为常，以至于熟视无睹。

在《秦腔》里，作者以有形写无形，以农村的各种变化、没落写出了农耕精神的死亡。用贾平凹本人的话说，"现在'气'散了"。夏天义作为老一辈农民，又是村里上一辈人的主心骨，是村里农耕精神的最顽强体现，而他晚年沥尽心血的七里沟，则是农耕精神最后的寄居之地。当夏天义的坚守变得越发艰难，一件件事情的打击犹如一场场败仗让他节节退守时，农耕精神在这片土地上已经越发难以为继。最终即便是夏天义带着他顽强的农耕精神逝去，人们也不知该怎样评价了。

按照荣叔笔记里的预测，夏风不会回来了，夏天义"坟"前的无字碑不知道会空到什么时候。贾平凹用《秦腔》给了自己对故乡记忆的一个交代，但也提醒人们，这段还没有走远的历史并没有得到一个交代。面对时代的巨变，一些人受到伤害，感到疼痛，但内心迷茫，甚至不知道自己该对谁愤怒。而我们，欠这段历史一个盖棺定论。《秦腔》是贾平凹为记忆中的故乡写的一曲挽歌，他说："故乡啊，从此失去记忆。"

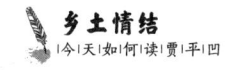

【我来品说】

1.你最喜欢《秦腔》中的哪个人物形象？请谈一谈原因。

2.你对于乡土文学走向世界有什么看法，能否为更好传播中华文化建言献策呢？

第四章
想象与写意：《山本》的民间传奇

导读

《山本》虽延续了贾平凹作品一贯的风格，但在框架设置上更显宏大和富有哲理意味。故事选取上，和早年创作的商州系列作品类似，贾平凹这次依然把目光投注于自己的家乡陕西。但不同的是，《山本》不像商州系列描写的是 20 世纪 80 年代商州故土上的生活，而是将故事背景放置于一个更广阔的空间——秦岭，为我们讲述了一段尘封已久的传奇故事，展开了一场人性与苦难的命运抗争的历史大戏。

第四章

想象与写意：《山本》的民间传奇

在贾平凹的力作《山本》一书中，描写了20世纪二三十年代军阀混战时期秦岭腹地涡镇上发生的故事，其中重点讲述了女主人公陆菊人和涡镇枭雄井宗秀之间复杂的命运纠缠。除此之外，贾平凹还对秦岭一带的草木动物作了详尽的描述，使《山本》一书带有秦岭地方志的色彩。可以说，《山本》是贾平凹带着自己对家乡独特的感情写就的，也是他为近代中国的秦岭书写的历史记忆。

那么，《山本》一书讲述了秦岭中发生的怎样的故事，又蕴藏了怎样的民间传奇和历史意蕴？在贾平凹的众多作品中，他为什么总对描写自己的故乡情有独钟？作家与故乡之间存在着怎样的关系？作者在文学创作的背后又发生了哪些故事？本章将带你走进贾平凹的创作世界，一起探寻他脑海中秦岭深处那个热烈、浪漫的奇幻世界。

《山本》的风物志设想

秦岭素有"南北植物荟萃，南北生物物种库"之美誉，植物资源十分丰富。《山本》中，有一个角色麻县长，在地方武装的裹挟下难有作为，便移情于对草木禽兽的搜集整理，撰写出《秦岭志草木部》和《秦岭志禽兽部》。而贾平凹在后记中提到，自己也曾计划撰写秦岭的草木记和动物记，终因能力和体力有限未能完成。甚至《山本》一书原定名就是《秦岭》，贾平凹借助笔下麻县长的角色实现自己的梦想，也说明了在作品中有作者自己的影子，体现了作者对于故乡甚至整个秦岭这片土地的深沉的爱。可以说，在他的每部作品中，都会有对于家乡和土地的大量描写，这其中无不流露出贾平凹骨子里流淌的"陕西血液"。从写家乡到写秦岭，贾平凹的视角逐渐增大，这也似乎成了贾平凹的写作宿命。

秦岭山脉在先秦时期被称为"南山"，"秦岭"一词是从秦汉时期才开始使用的。秦岭作为中国地理上最重要的南北分界线，被尊为华夏文明的龙脉。可以说，秦岭在中国是一个特殊

第四章
想象与写意：《山本》的民间传奇

的存在。

秦岭作为中国腹地的一大山系，将中国的南方与北方统领在一起，滋养了长江和黄河，将中国地势三级阶梯紧紧连接。人们完全有理由相信，构建出"一山两河"的秦岭就是中华文明的根脉所在。而《山本》故事的开端正是由女主人公陆菊人坐在龙脉上的三分胭脂地引起的，也点出了《山本》的主旨，即万物之初始于自然。秦岭，就是贾平凹心中最中国、最伟大的山。《山本》本身就是贾平凹为秦岭写的一本地理志，象征着山的本来，生命的初声。

贾平凹曾刊文指出，"真实的地理是创作的一个基本规律，运用真实的地理的好处是写作时作家不至于游离，故事如孤魂野鬼，它得有个依附处，写出来的作品能给人一种真实感，更容易让读者相信，而进入它的故事中"[1]。秦岭是贾平凹写作时移动的根，无论笔下起了多大的波澜，他的根都深深地扎于西北这片土地以获得滋养。在《山本》的后记中，贾平凹写道："话说：生在哪儿，就决定了你。所以，我的模样便这样，我的脾性便这样，今生也必然要写《山本》这样的书了。"[2] 就像是命中注定一样，贾平凹和这片土地相逢，仅仅是一眼，便注定了

---

[1] 贾平凹.文学与地理：在香港贾平凹文学作品国际研讨会上的发言.东吴学术，2016（3）：22-25.

[2] 贾平凹.后记//山本.北京：作家出版社，2018：522.

一切。

在《白鹿原》的卷首写有巴尔扎克的一句名言:"小说被认为是一个民族的秘史。"[1]而《山本》作为贾平凹较近的作品,和《白鹿原》有着异曲同工之妙,同样讲述一段尘封于历史的变迁,展现"民生多艰"时一代人的精神风貌。

《山本》描写的是贾平凹熟悉且热爱的东西,而它的精彩之处并不在于故事情节,而在于故事情节之外人物身上带有的陕西或者秦岭风貌,以及它承载的民族历史。这就意味着这部小说的作者不仅要揭示自己熟悉并热爱的一切,更要对民族生存、民族历史和民族命运等问题进行思考与探究。

贾平凹的故乡在乡村,从小听到的老人们谈起的民间传说,记录的一些民间的偏方、秘辛以及秦岭一带的一些吃食如热豆腐、饦饦馍、韭菜合子、黑茶等的制作方法,还有姨夫口中游击队的故事,这些宝贵的童年记忆和后来收集到的秦岭20世纪

---

[1] 宋宁刚.秦岭中的往事、秘辛与超越感:读贾平凹《山本》有感.光明日报,2018-05-23(16).

第四章
想象与写意:《山本》的民间传奇

二三十年代许许多多的传奇故事,都是《山本》一书中最初的素材。秦岭上的乡村、预备团和陕南游击队,秦岭上的一草一木乃至奇幻世界,如公鸡叫魂、人能听懂动物的话、狗说人话等,都对贾平凹有着致命的吸引力。

《山本》故事的发生地涡镇,由于有一条黑河和一条白河汇集于此,形成一个像太极一样的旋涡,因此得名"涡镇"。而这个情节也暗喻了作者的家乡两种文化共存的背景。

贾平凹的故乡商洛自古楚文化盛行。众所周知,楚文化的遗风中对"巫"的崇拜严重,"重祭祀、信鬼神"的楚文化使商洛自古以来便流传着形形色色的神话传说,也有着一套复杂而完备的丧葬礼仪、乡村习俗。农民出身的贾平凹从小生活在楚文化盛行的环境中,听长辈们谈论志怪奇闻,耳濡目染,大量的民间神秘文化对他产生了很深的影响,这也使他的作品常常体现出民间传奇的神秘性。如民间风俗中的招魂,如果孩子病了,采用一定的方式给孩子喊魂就是楚文化遗风的一种表现。可以说,楚文化对贾平凹创作生涯的影响是巨大的,在这种楚文化的影响下更有利于他营造一个似真实幻的超越现实的魔幻世界。

楚文化奇诡高深,富有浪漫色彩,这使得贾平凹的小说除了具有厚重平实的风格之外,还含有大量的民俗趣闻,具有神秘与魔幻色彩,且富有哲理。其中楚文化与汉水文化有着天然的联系，汉水文化受楚文化影响很大，在《山本》中汉水文化也得以体现。

　　《山本》的整个故事在秦岭的一个村子中展开，充满了贾平凹的个人风格。故事的开端就具有神秘性，女主人公陆菊人生长在秦岭山中，在一个机缘巧合下得知自家有一块地正处于龙脉上，葬在这里的人后代将会发达。她带着这块地作为杨家棺材铺的童养媳嫁到了涡镇，而后阴错阳差，她的邻居井宗秀的父亲葬到了这块风水宝地上，再后来井宗秀也的确成为镇上的"大人物"。就这样，龙脉和发达之间形成了某种奇妙的联系，人们不清楚井宗秀是因为自己的努力获得前程的，还是因为他父亲葬在了龙脉上才发达的。这些说不清楚的事情，一切源自秦岭这片神奇的土地。又如陆菊人嫁到涡镇的时候带着一只黑猫，黑猫本身就带有"巫"的色彩。每当有重要事情发生时，黑猫就会出现，仿佛是一个幽灵般的见证者。作者运用秦岭中的神秘事件，将人与自然相融合，展开了民间历史的宏伟叙事。也就是说，没有秦岭，就没有故事的开端。这种带有神秘感的民间传奇故事，恰恰是贾平凹最擅长讲述的。这些隐含了志怪奇闻的设定，在作者看来就是自己童年生活的真实投射。贾平凹通过对巫鬼的描写，既揭示了境遇维艰的乡民的生存状

第四章
想象与写意：《山本》的民间传奇

况，又全方位揭示和批判了人的精神愚昧。

《山本》中作者塑造的小小的涡镇就像是秦岭山脉上乡村的缩影。在战争年代，人命如草芥，井家兄弟分别效力于不同的阵营，两兄弟的故事采用平行空间的叙事手法，在各自的时空里进行单独叙事，两者并无交集，也没有读者期待的兄弟重逢的场面。阮天保作为井家兄弟的对立面出现，与兄弟两人都有大量的冲突用以推动情节的发展。井家与阮家的刻骨仇恨也随着时势的变化不断升级。军阀、刀客、土匪、预备团、保安队、游击队等多股势力一时间风起云涌、厮杀不断，从而引发了一次次激烈的争斗和动荡。

在雄浑壮阔的秦岭浓郁山野气息的笼罩之下，人事与自然交织在一起，平实的陕南方言贯穿全书。题记中说秦岭作为一条龙脉横亘在那里，提携了黄河长江，统领着北方南方，留下的无数的民俗、传说使其充满了魔幻主义色彩。而这种魔幻主义色彩使《山本》更加富有人性内涵和哲理光辉，秦岭的神秘与人心的险恶互相映衬，乱世的残酷与生命的延续不断交织。山有山的气魄，人有人的精神，乱世之中，在"看山是山看水是水，看山不是山看水不是水，看山还是山看水还是水"[①]的时

[①] 贾平凹.后记∥山本.北京：作家出版社，2018：524.

候，生活就到了另一个境界，发人深省，也给人留下更深刻的思考。

【经典品读】

《山本》的经典段落

一道龙脉，横亘在那里，提携着黄河长江，统领了北方南方，它是中国最伟大的一座山，当然它更是最中国的一座山。

我就是秦岭里的人，生在那里，长在那里，至今在西安城里工作和写作了四十多年，西安城仍然是在秦岭下。话说：生在哪儿，就决定了你。所以，我的模样便这样，我的脾性便这样，今生也必然要写《山本》这样的书了。

…………

……当这一切成为历史，灿烂早已萧瑟，躁动归于沉寂，回头看去，……巨大的灾难，一场荒唐，秦岭什么也没改变，依然山高水长，苍苍莽莽，没改变的还有情感，无论在山头或河畔，即使是在石头缝里和牛粪堆上，爱的花朵仍然在开，不禁慨叹万千。

资料来源：贾平凹.后记//山本.北京：作家出版社，2018：522-523.

第四章 想象与写意:《山本》的民间传奇

《山本》的魔幻与神秘

纵观中国近现代文学史,大多数作品以现实主义题材为主,并且涌现了大量优秀的现实主义作品和作家。鲁迅作为其中的代表人物,弃医从文,拿起笔做武器,抨击当时黑暗的统治,留下了不朽的作品。到后来,路遥的《平凡的世界》、格非的《江南三部曲》、王蒙的《这边风景》等大量现实主义题材的作品涌现。20世纪80年代以来,大量外国文学作品涌入中国,在众多的外国文学流派中,不少中国作家选择了拉美的魔幻现实主义。究其原因,一是中国的文化传统与拉美的文化传统相契合;二是同为第三世界的拉丁美洲,存在巫术文化、鬼神信仰等,这多少与中国古代的神话传说、志怪小说不谋而合,二者在文化传统上有共通之处;三是由于1982年哥伦比亚作家马尔克斯获得了诺贝尔文学奖,促使中国一些作家从传统文学中转型,投入学习魔幻现实主义创作的浪潮中去。20世纪80年代以来,中国文学不仅注重揭示广大人民群众的"现实人生",也极为关注民族文化的丰富多元性,对于中外文化的观照与探寻、反思与追溯一度成为文学的核心追求。就新时期小说的魔幻叙事而言,其中灌注了强烈的中国本土文化的精神气韵。[1]

魔幻现实主义文学是什么?

魔幻现实主义文学是20世纪50年代崛起于拉丁美洲文坛、富有撼动世界的轰动效应的现代派文学的重要流派。"魔幻现实主义"这个词最早的使用者是德国艺术评论家法兰克·罗(Frank Roh),被用来描述主要由美国画家使用的一种不寻常的现实主义。

魔幻现实主义文学在体裁上以小说为主。这些作品大多幻想与现实、神话与现实水乳交融,大胆借鉴西方现代派文学的象征、寓意、意识流等各种表现技巧、手法,反映拉丁美洲各国的现实生活。它们把神奇和怪诞的人物和情节以及各种超自然的现象插入反映现实的叙事和描写中,使拉丁美洲现实的政治社会变成现代神话,既有离奇幻想的意境,又有现实主义的情节和场面,人鬼难分,幻想和现实相混,从而创造出一种魔幻和现实融为一体、魔幻而不失其真实的独特风格。虽然情节怪诞,但却凸显真实。

---

[1] 曾利君.新时期小说"魔幻叙事"的文化开掘及其意义.福建论坛(人文社会科学版),2016(7):115-120.

第四章
想象与写意：《山本》的民间传奇

因此，人们往往把这种表现手法称之为"魔幻现实主义"。

自古以来，中国的传统文学就与神秘性有着千丝万缕的联系，从《山海经》《搜神记》到《镜花缘》《西游记》《聊斋志异》，经典的神话故事、志怪小说在中国古代文学中从未缺席。志怪小说作为中国古典小说形式之一，以记叙神异鬼怪故事传说为主体内容，产生和流行于魏晋南北朝时期，而中国人对于神秘性的喜爱，则可追溯到远古时期。

远古先民对于自己无法解释的事件，往往将之归因于鬼神，所以祭祀鬼神在古代中国是人们的头等大事。在远古时代，巫师通灵，是沟通人与自然界的中介，拥有崇高的地位。其中，楚地最好巫术，对于鬼神的笃信尤其盛行。相传楚人所做的《山海经》作为中国上古三大奇书之一，内容包括山川、道里、民族、物产、药物、祭祀、巫医等。其中保存了不少脍炙人口的远古神话传说如夸父逐日、女娲补天、精卫填海、大禹治水等，还提及了大量的奇幻现象和神兽如九尾狐、文鳐鱼、独角兽等。这些或真实存在或由人们想象出来的动植物也正说明了我国人民历来具有丰富的想象力与创造力。而这些神奇的事与物经过千年的变迁和演化形成了民俗奇闻，代代相传，深入人心。

魔幻现实主义作为拉丁美洲特有的文学样式，吸收了欧美现代派文学的多种成果。它有着深厚而复杂的文学渊源。其一，魔幻现实主义作家们大量借用拉丁美洲当地印第安人古老的神话故事和东方阿拉伯的神话故事，他们几乎所有的作品都带有古老的神话、传说和巫术中的奇幻、怪诞因素。其二，魔幻现实主义作家们又深受欧美现代派文学的影响，布勒东的超现实主义、艾略特的象征主义以及乔伊斯、卡夫卡、福克纳等人的意识流手法对他们的影响最大。他们常用谈神论鬼的方式，打破主客观世界的界限，用复杂多变的结构，编织富有虚幻色彩的情节，打破时空的限制，追求神奇的艺术效果。[1]

魔幻现实主义漂洋过海来到中国后，与中国本土"原始崇拜"的民俗奇闻相遇。两者之间，不仅仅是东西方文学样式的碰撞，更像是魔幻现实主义经中国本土化后的一种改良。那段时期，产生了以莫言、贾平凹、余华、陈忠实等为代表的属于我国的魔幻现实主义文学。中国新时期小说的"魔幻叙事"，绝不是文学的轻飘飘的纱衣或作家故弄玄虚的噱头，而是包蕴着现实历史的剪影和民族文化、民族精神的丰富积淀的创作现象。[2]

---

[1] 崔志远.贾平凹神秘心理图式探源.河北师院学报（社会科学版），1996（4）：68-75.

[2] 曾利君.新时期小说"魔幻叙事"的文化开掘及其意义.福建论坛（人文社会科学版），2016（7）：115-120.

第四章

想象与写意:《山本》的民间传奇

由于深受广阔的秦岭这一地理环境影响,贾平凹的作品中不仅深植现实主义精神,而且多具魔幻主义色彩,还带有独特的地域属性。前两种特质同时存在于贾平凹的作品里,不仅不显得突兀,还造就了其独特的魔幻现实主义风格。这种魔幻现实主义风格在《太白山记》和《怀念狼》的作品中有鲜明体现。但到了《老生》中,贾平凹把这种魔幻主义色彩与他乡土文学中的"巫"结合了起来,以至于几乎感受不到整个故事创作的痕迹,就像生活中真实发生的一样。

《老生》由四个故事组成,讲述了一个在葬礼上唱丧歌的职业歌者老生,身在两界、长生不死,见证一个地区几代人的命运辗转和上百年的时代变迁。有趣的是,《老生》以《山海经》为切入点,每个故事的开端都引入《山海经》的段落,乍一看和故事本身毫无关联,但实际上其故事的本体和《山海经》灵魂相依。同样,在《山本》中,也有这种形式的描写,书中有孤魂野鬼,也有野兽精怪,还有能对话的鸟。再往前追溯,贾平凹通过词语活用,在名词、动词、形容词之间灵活转换,其小说如《高老庄》《废都》《秦腔》里符号化和幽默化的语言使得作品极具神秘性,无疑更增加了文章的荒诞效果,使之充满了魔幻主义色彩。

有人说《山本》是贾平凹之前的作品《老生》的延续,或者说两者之间存在着某种内在关联,如两者都是讲秦岭地区

"革命力量"的故事,都包含了天、地、人、道等"民间记忆"的审美形态。在《山本》中,有许多神秘诡异的人或物,如陆菊人出嫁时带的脸长得像人脸的黑猫以及通灵的皂角树、能梦到未来的周一山、带着灵魂的人皮鼓等。贾平凹采用历史与传奇相结合的叙事方式,讲述着带有魔幻主义色彩的秦岭民间传奇。

贾平凹作品中的"重要元素"秦岭,它封闭、神秘,到处充满着诡谲怪异的传说,楚文化中的巫鬼文化也在这里生根发芽、潜滋暗长。在这种氛围下成长的贾平凹把秦岭看成藏满了人世间所有奥秘的"龙脉",怀着敬畏之情写下自己对这片土地的热爱。《山本》整部作品以现实主义的基调、朴实的语言、真实的历史与作者的文学想象交织在一起展现故事,书中动物生灵对吉凶祸福的先知和警示都给我们描绘了一幅真实但又具有浓郁魔幻主义色彩的地方画卷。

《山本》中的故事以 20 世纪二三十年代发生在秦岭及其周边地区的历史事件为基础,但整个作品并没有用某种特定的历史观念对历史事件进行处理,即在叙述未定之时历史是混乱的、无序的,各种力量相互交织,你方唱罢我登场,所有力量都逃脱不了戛然而止的命运,没有最后的赢家。比如书中井宗秀的原型井岳秀,是民国时期统治榆林二十多年的"榆林王",他为兄长井勿幕报仇,抓获仇人李栋才后将之砍头、挖心、抽筋祭于

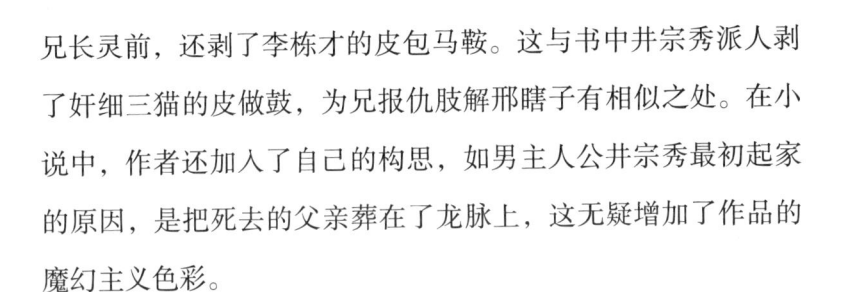

第四章
想象与写意:《山本》的民间传奇

兄长灵前,还剥了李栋才的皮包马鞍。这与书中井宗秀派人剥了奸细三猫的皮做鼓,为兄报仇肢解邢瞎子有相似之处。在小说中,作者还加入了自己的构思,如男主人公井宗秀最初起家的原因,是把死去的父亲葬在了龙脉上,这无疑增加了作品的魔幻主义色彩。

在小说的结尾,井宗秀在涡镇突然被人暗杀,使势力胶着的两方平衡被打破,所有的热闹突然归于沉寂,涡镇又一次陷入了混乱。讽刺的是,作者并没有说是谁暗杀的井宗秀,也没有回答井宗秀这样绚丽而短暂的一生到底是幸还是不幸,而是留给读者想象的空间。这些真实的历史与书中的"历史"混杂在一起,说不清是"正史"还是"野史",作者只是从人日常生活中的衣食住行以及自然风物写起,如通灵皂角树的死亡,麻县长书稿的丢失。故事以陆菊人开始,随着时间的流逝,她身边的人一个个地离她而去,人在历史的车轮下无力地活着,带有一种宿命感和苍凉感。在故事的结尾,只留下她孤身一人在人世间的苦难中继续生存,只有秦岭陪着她见证了一切的发生和陨落。这不禁让人思考小说最初要表达的秦岭意象,以及书中的传奇人物本身与秦岭关系的统一性。

就像古典文学名著《红楼梦》一样,顽石化人,仙草报恩,在故事的最后,一切归于平淡,好似食尽鸟投林,落了片白茫茫大地真干净。将《红楼梦》和《山本》两者进行比较后可知,它们都把人物置于宏大的背景下，采用线性时间的叙事方式，依靠日常生活细节的自然运行来推动故事的发展。

贾平凹善于把书写自然规律的方法用于描写社会。通过对大量细节的琐碎叙述，历史轨迹也在其中慢慢发生变化。这种叙事形式可以看作对历史自然形态的高级模仿，所谓山之"本"也就隐在其中了。虽然作者无意明确告诉我们山之"本"究竟是什么，但从小说展示的大量细节中，我们不仅能感受到作者对秦岭自然形态的敬畏之心，也能体会出他在面对秦岭人事兴衰的生活形态时的认知与悲悯。[1]

《山本》始于魔幻，终于现实。

---

[1] 陈思和.试论贾平凹《山本》的民间性、传统性和现代性.小说评论，2018（4）：72-88.

第四章
想象与写意:《山本》的民间传奇

《山本》的虚实手法

商洛之地除了楚文化,佛家、道家文化也相当盛行。而在商洛楚文化对佛家、道家文化产生了极其深刻的影响,可以说楚文化与佛家、道家文化相辅相成,不可或缺。所以贾平凹小说的魔幻叙事还涉及对佛家、道家思想的阐发,他的文化思想是一个复合体。他描写了不少"天人感应,天人合一"的神秘事件,这对于他对自然与人类的认知都有着深刻的影响。

《山本》中有陈瞎子和宽展师傅两个角色。这两个角色对女主人公的精神世界产生了深刻的影响。陈瞎子让她明晓人事,宽展师傅让她的心和菩萨联系在一起。两个人作为陆菊人的精神导师,让她对井宗秀、对涡镇上活着的和死去的人,都产生了一种宽厚仁爱之心。

宽展师傅是一个哑巴尼姑,住在地藏菩萨庙里,代表着佛家。一有人死了,她就会吹着尺八为亡灵超度。她的地藏菩萨庙被土匪、军阀、起义军都占用过,但她都是默默承受,直到最后死在里面。书中描述陆菊人有了烦心事喜欢去找宽展师傅,听她诵经。尽管她嘴唇在动,却没有发出声音,但菊人似乎听懂了许多。宽展师傅诵完经,就给她沏茶,吹起尺八。在这段描写中,宽展师傅是作为一种精神慰藉出现在女主人公身边的,同时带有一种佛家的哲理意味存在,救赎处于苦难中的人。在小说中,当花生问宽展师傅《地藏菩萨本愿经》中写的是什么内容时,宽展师傅在炕上用指头写道:"记载着万物众生其生老病死的过程,及如何让人自己改变命运以起死回生的方法,并能够超拔过世的冤亲债主,令其究竟解脱的因果经。"在宽展师傅写下的这段话里可以看到,在涡镇动荡苦难的岁月中,一种巨大的灵魂救赎的宗教力量,闪现着悲悯慈爱的光辉。而代表道家的陈瞎子是一个医生,住在他的医馆安仁堂里面,"安仁堂"也谐音"安人堂"。陆菊人每当有想不明白的事情的时候,都会跑到安仁堂去向陈瞎子寻求解惑。刚出场的陈瞎子虽然看不见,但却要在医馆里点燃一盏油灯。这样的描写颇具意味,暗示着陈瞎子虽看不见,却不仅作为医生给人医治身体上的疾病,同时也在用自己的智慧启迪着每一个人。陈瞎子也和女主人公一样,是活到了最后的人。宽展师傅和陈瞎子这两个形象与书中其他角色不同,少了些烟火气息,就像全书的局外人一样,"冷眼"旁观这一切,却又在恰当的时候为人开解,缓解痛苦。或许在那样的年代,人们太需要精神依托,提供精神依托的人能给人点拨以应对生活中的苦难。《山本》中这一尼一道的形象,

第四章
想象与写意:《山本》的民间传奇

就像是"秦岭"的化身,包容着人所犯下的错误,也更加印证了佛家思想、道家思想对于贾平凹文学创作的巨大影响。相比之下,道家思想更强调顺应"自然"。在道家来看,人是自然的一部分,人与自然息息相通。贾平凹小说对人与自然神秘关联的描述就传递出道家思想的意蕴。[①]

《山本》故事发生的地方叫涡镇,而涡镇之所以叫涡镇,是因为黑河和白河在镇子南头外交汇处形成了一个涡潭,平时这个涡潭看上去平平静静,水波不兴,但如果丢个东西下去,它就会像太极图中的阴阳鱼动起来,好像能把所有东西吸进去一样。由此看出,涡镇上的涡潭,是具有隐喻象征意味的意象。这就是所谓的"天"。而在故事中与涡潭相类似的,还有一棵高大的皂角树,它长在中街的十字路口,但长满硬刺,没有人敢爬上去,上面的皂荚也没有人敢摘,到了冬季还密密麻麻地挂在树上。相传只有德行好的人走过去,它才会主动掉下两条。在这里,皂角树代表着大地之母——"地"。还有陈瞎子,虽然看不见但却事事通晓,每当陆菊人有了烦心的事情,都会去拜会他。陆菊人经常去拜访的另一个地方是涡镇上唯一的一座地藏菩萨庙。庙里的尼姑宽展师父不能说话,每当镇上谁家里死了人,她就吹奏尺八为亡人超度。这就是所谓的"人"。

---

① 曾利君.新时期小说"魔幻叙事"的文化开掘及其意义.福建论坛(人文社会科学版),2016(7):115-120.

贾平凹在《山本》中建立起了一种自然与人事的相互感应，就像书中可以判断人品的皂角树，在涡镇山雨欲来的时候自燃而死，以皂角树的自然反应预示涡镇的不测风云。而当炮火将涡镇炸成一堆尘土时，"屋院之后，城墙之后，远处的山峰峦叠嶂，以尽着黛青"，极富悲天悯人的情怀。贾平凹在作品中通过"人""事""物"，构建了"天""地""人"，构建了历史、文化和自然的多重世界。

最后，涡镇上的"英雄们"都死了，只剩下富有象征意味的那只黑猫和陈瞎子、陆菊人，他们超越时间、超越空间而存在，留下一丝故意为之的神话意味。这种自然－历史题材互文，使作者站在"天人合一""天我合一"观念立场上重新省思自然与历史。[1]

贾平凹谈老庄

说实情话，几十年了，我是常翻老子和庄子的书，是疑惑过老庄本是一脉的，怎么《道德经》和《逍遥游》是那样的不同，但并没有究竟过它们的原因。一日远眺了秦岭，秦岭上空是一条长带似的浓云，想着云都是带水的，云也该是水，那一

---

[1] 谷鹏飞.历史主义抑或自然主义：评贾平凹《山本》的叙事史观.中国文艺评论，2018（6）：94-108.

第四章
想象与写意：《山本》的民间传奇

长带的云从秦岭西往秦岭东快速而去，岂不是秦岭上正过一条河？河在千山万山之下流过是自然的河，河在千山万山之上流过是我感觉的河，这两条河是怎样的意义呢？突然省开了老子是天人合一的，天人合一是哲学，庄子是天我合一的，天我合一是文学。

资料来源：贾平凹. 后记 // 山本. 北京：作家出版社，2018：524-525.

在中国传统的古典美学中，"虚实观"是一个重要的概念。"虚"与"实"作为我国古典美学中的重要表现形式，具有鲜明的传统特色，也为我们提供了一种思维的辩证方式，成就了中国式的意境论，这使其成为我们把握中国古典艺术总体特征的一把钥匙。"虚实观"最早产生于《老子》及《庄子》。《老子》中说："天下万物生于有，有生于无。""无"是"有"的根本，"有"是"无"的体现，所以才有所谓"大音希声""大象无形"的体验和感悟。而《庄子·天下》中称："以本为精，以物为粗，以有积为不足，淡然独与神明居。古之道术有在于是者，关尹、老聃闻其风而悦之，建之以常无有，主之以太一，以濡弱谦下为表，以空虚不毁万物为实。"这就对"有"和"无"进行了深刻的辩证讨论。而后，"虚"与"实"从哲学领域被引入艺术、文学、美学等领域，逐渐形成了中国古典美学的一个核心范畴。

　　说到"虚"与"实"的关系，分为以实带虚、以实衬虚、以实涵虚、虚实相生等形式。其中，虚实相生最为精妙，作为意境创造的结构特征，实代表了实景，即客观现实，而虚代表虚景，即主观现实，将实景和虚景相结合，实现了主客观的统一。虚实相生也常用于文学创作当中，运用好的关键，是正确处理和准确把握"虚写"与"实写"之间的关系。虚写的笔墨具有模糊性，实写的笔墨具有直观性，只有虚写与实写有机地结合在一起，虚中有实，实中有虚，相辅相成，才能给读者留下广阔的思维和想象空间，留下深刻、鲜明的印象，从而增强作品的曲折性。宗白华曾指出，"老子说：有无相生，虚而不屈，动而愈出。这种宇宙观表现在艺术上，就要求艺术也必须虚实结合，才能真实地反映有生命的世界"[1]。中国传统文学的优秀作品中都会存在些许的虚构与渲染，这些虚构与渲染对于故事的构造和人物的塑造起到了至关重要的作用。陆菊人作为一个不认识几个字的农村妇女，却是具有智慧的，无论是对井宗秀情感的把控还是后来经商中显示出的头脑，这种与寻常农村妇女相似又高于寻常农村妇女的设定，使得她身上具有虚实相生的特质，也是通过这些虚构与渲染，作者对人物的爱憎都体现得淋

---

[1] 宗白华.艺境.北京：商务印书馆，2011：401.

第四章
想象与写意:《山本》的民间传奇

漓尽致。

贾平凹的老师和研究者费秉勋先生认为,贾平凹"从对中国古代文化的混沌感受,感性地融合性地接受了中国的古典哲学,其中既有儒家的宽和仁爱,也有道家的自然无为,甚至有程朱理学对世界的客观唯心主义认识。在这种融合中,老庄哲学似乎占了较重要的地位,而禅宗的妙悟也使他获益良多"[1]。在贾平凹的很多作品里,都包含了对现实生活的实录和写意式的民间想象。他在作品中处理虚实关系时,喜欢用神秘意象、现实主义、情感构建这三个元素。这不仅在他较早期的作品中有所体现,而且在他新近的力作《山本》中亦有秉承,在文学与历史的虚实之间完成了他对于所追崇的秦岭的情感构建。

《山本》是贾平凹描绘秦岭的一部"百科全书",不仅对秦岭深处涡镇充满烟火气的世俗生活和风土人情进行了鲜活展现,也对秦岭的珍稀动物和一草一木进行了绘景抒写,同时,对战争中尸横遍野、纷争不休的历史苦难作出了深刻反思,表达了作者一种悲天悯人的人道主义精神。小说用艺术的表现手法描绘人与自然的关系,思想上有着哲学与宗教两种维度的建构,而且还刻画了众多的人物形象,陆菊人、花生、宽展师傅等为

---

[1] 费秉勋.中国神秘文化.西安:陕西人民教育出版社,1991:48.

数不多的女性角色具有不同的个性和角色传承，井宗秀、井宗丞、杨钟、阮天保、麻县长、陈瞎子等男性角色形象各异，在小镇中生生死死，随历史洪流漂荡，极富立体感。同时，小说对于历史与文学关系上的虚实处理也可圈可点，令人赞叹。

《山本》虽然以特定年代作为故事背景，但叙述时并没有在其历史观念中对历史事件进行处理。作者构建了一个模糊了历史时间和政治立场的世界，产生了时间和历史的错位。如蒋介石、冯玉祥是历史中真实存在的人物，而小说中故事发生的时间，读者也能大致推断出是 20 世纪二三十年代。书中井宗秀隶属于 69 旅，一会儿属蒋介石，一会儿又属冯玉祥，后改为涡镇预备团（后为预备旅）。这样的安排都有历史的影子，那时的保安队、游击队、土匪纷纷走向前台，井家兄弟各自形成自己的势力范围就发生在这个时间段里。而小说中的井家兄弟，或许真的存在于历史当中而未载于史书，或许只是作者的杜撰，又或许是作者根据真实的人物原型进行的加工创作。历史事件与人物之间的关系，真真假假、虚虚实实地交融在一起。

众所周知，贾平凹处理虚实转化的经验非常老到，从而使作品充满了魔幻现实主义色彩。魔幻，即虚，现实，即实，两者终究殊途同归。在《山本》中，贾平凹以自己的家乡为基石，一方面描写了涡镇普通民众柴米油盐酱醋茶的日常生活情景以及与年代相符合的"革命战争"，是实写。而另一方面，井宗秀

第四章

想象与写意:《山本》的民间传奇

送给陆菊人的铜镜,宽展师父和她的地藏王菩萨庙以及尺八,也就是小说中展现的形而上哲思与宗教层面,是虚写。虚与实相互补充和牵制,这种写法容易让我们联想到《红楼梦》。例如,太虚幻境中的金陵十三钗,对应着大观园里的女子,是虚实相生产生的现实倒影。

贾平凹在《山本》中想写出自己想呈现的生活。为此,他取消了小说的章节设置,将全书打通,无疑助益他达成了自己的写作目的。他不仅实现了这一目标,而且将书写成了更多呈现物事人情的"秦岭志"——"以实写虚,体无证有"。而吊诡的是,自言最不讲究小说体式和叙事技巧的贾平凹,借此却在《山本》中实现了小说叙事上新的尝试。[1] 作者对于《山本》这本书名字的选取,更是具有哲理意味。在后记中,贾平凹曾经专门谈论过小说的命名问题:"这本书是写秦岭的,原定名就叫《秦岭》,后因嫌与曾经的《秦腔》混淆,变成《秦岭志》,再后来又改了,一是觉得还是两个字的名字适合于我,二是起名以张口音最好,而志字一念出来牙齿就咬紧了,于是就有了《山本》。"山本,山的本初,在作品中陆菊人的形象就犹如山的本初——"大地之母",见证着一切的发生。这种具象与抽象的结合,使《山本》成为一部极具艺术意蕴的厚重的长篇历史小说。

---

[1] 刘艳.素材如何进入小说,历史又怎样成为文学.探索与争鸣,2018(7):134-138.

《山本》的历史意蕴

贾平凹在后记里说到《山本》开始构思于2015年。原话是："那是极其纠结的一年,面对着庞杂混乱的素材,我不知道怎样处理。首先是它的内容,和我在课本里学的,在影视上见的,是那样不同,这里就有了太多的疑惑和忌讳。再就是,这些素材如何进入小说,历史又怎样成为文学?我想我那时就像一头狮子在追捕兔子,兔子钻进偌大的荆棘藤蔓里,狮子没了办法,又不忍离开,就趴在那里,气喘吁吁,鼻脸上尽落些苍蝇。"[1]由此可以看出,即使是一个成熟的作家在最初开始构建叙事框架时也是艰难的,他必须有所取舍,而结果很可能与他的初衷相去甚远。

《山本》相较于以前的商州系列作品,有相同点也有不同点,相同的是它也带有贾平凹一如既往的风格和特征,不同的是秦岭的主题显然更加宏大。贾平凹在构思这部书的最初保有

---

[1] 贾平凹.后记//山本.北京:作家出版社,2018:523.

第四章
想象与写意：《山本》的民间传奇

着野心，在他熟悉的题材上"图谋写作对于社会的意义，对于时代的意义"[①]。就像之前创作的《老生》中，用大量的篇幅描绘《山海经》，使之与作品中身在两界、长生不死的唱师产生内在联系一样，作者最初的打算是整理出一本秦岭的草木动物集，这本身是他熟悉且擅长的。但当作者走进秦岭后，感受到了秦岭的山野气息，对作品的构思发生了转变。他开始"以物言志"，讲述那段尘封起来的、被人遗忘的历史，以此来构建一个宏大的文学世界。当然这无疑是困难的，对于历史，如何书写成故事，其中的真真假假、虚虚实实又如何把握？

或许其中包含两个方面：第一个方面是文学作品和史实之间的关系：史实如何运用到文学作品中，同时文学作品又如何阐发史实；第二个方面是在史实的虚化上所应该把握的尺度如何。从这方面考量，《三国演义》给了贾平凹以启发。《三国演义》的故事来源于历史，经过一代代说书人的演绎，留下听众反应好的桥段，摒弃听众没有共鸣的环节，最后再由人整编成册。这种形式将历史变成故事传播，最终形成了罗贯中的《三国演义》。而罗贯中《三国演义》区别于陈寿《三国志》的地方是，以《三国志》为史实基础，又加入了文学作品的虚构，使得《三国演义》相较于《三国志》更加精彩，同时也增加了作

---

① 贾平凹. 后记 // 山本. 北京：作家出版家，2018：524.

者对历史的评判和思考。相较于正史的严谨,《三国演义》"野史"书写的"民间记忆"经过代代的口口相传,更加富有生命力。历史转化成文学非常复杂,当历史慢慢变成传说的时候,就是文学化的过程,贾平凹走的也是这条道路,同时增加了自己擅长的"神秘性"基因,也平添了更多与天地神灵对话的意境。在《山本》中,也有跟《三国演义》类似的桥段。例如,预备团领导层中的井宗秀、周一山与杜鲁成他们三位,让我们联想到刘关张"桃园三结义";而后来把麻县长及县政府搬到涡镇,从每天好好地供着麻县长到麻县长也无法阻碍井宗秀的决定,井宗秀俨然是涡镇的摄政王、实权派,就很像曹操"挟天子以令诸侯"的桥段,这或许是作者对于罗贯中讲故事的模仿和致敬。这也使得《山本》不是仅仅作为一部文学作品而存在,而是更具文学史观和格局,这一点在整本书的叙事上得到了充分的体现。《山本》在叙事上相较于贾平凹其他的作品更加复杂,想表达的东西更多,它是一部民族的秘史,但这部秘史不是简单地从"野史"和"正史"对立的角度来书写的,还包含着更琐碎、更复杂、更具地域性的生活细节信息,呈现出历史更为复杂的状态。

每一个时代的"特定性"都会对小说产生影响。一段历史被写成一部文学作品后,就会具有"传奇性",这也是读完《山本》后很多读者的感受。书中不仅有对一个时代群像的描写,同时也

第四章
想象与写意：《山本》的民间传奇

带有整个时代的历史局限性。小说主人公陆菊人和井宗秀，这两个几乎贯穿全书的人身上就具有这种"传奇性"，也是小说精彩之处。女主人公陆菊人作为小说的中心人物，故事以她开端以她结尾，她不仅是涡镇历史的创造者，也是见证者。她八岁丧母，被父亲卖到涡镇的杨家当童养媳，后来父亲、丈夫、公公、弟弟都死了，儿子残了，她依然坚强地存活在乱世里。陆菊人身上的特质与秦岭大地产生互文，她不仅活到了最后，而且对于井宗秀而言，像一个"大地之母"一样站在他的背后给予支持。在她身上，同时存在着中国传统女性顺从、认命与现代女性独立、自主两种彼此矛盾的特质。她大字不识几个却有智慧，与丈夫的婚姻虽然是身不由己但却在丈夫死后依旧没有改嫁，继续独力支撑夫家，与井宗秀之间的情愫虽然在心中蔓延却不越雷池半步，而是把自己培养的女孩子作为自己的替身嫁给了井宗秀。

这种情节设置就是作者理想的升华，使陆菊人具有了独特的人格魅力。而男主人公井宗秀因为把父亲葬到了陆菊人陪嫁的风水宝地中，本已家道中落的他依靠着倒卖墓里挖出的宝藏获得了人生的第一桶金，生命轨迹就此发生了改变。他从不谙世事到经历人生苦难继而奋起，拥有雄心逐渐蜕变为野心，戾气渐重、欲望膨胀直到最后命丧黄泉，在这个人物身上人性的光亮与阴暗参差，界限模糊。

男女主人公关系的改变源于井宗秀把从墓里挖出来的一面

古镜送给了陆菊人，这面古镜作为两个人情感的联结，使两人的关系发生了微妙的变化。古镜上的文字是"内清质昭明光辉夫日月心忽而愿忠然而不泄"，井宗秀借此表达了两种含义，一是委婉地表达自己的爱意，二是希望陆菊人能和他相互照亮彼此的人生。古镜作为一种隐喻，将两个人相互吸引形成统一，使彼此成为映照关系。两人互相关心、互相支持，实际上是彼此的精神寄托。一面古镜把井宗秀和陆菊人联系到一起，是井宗秀对陆菊人的承诺，是他们的"秘密"，也是他们的默契，两人之间只有深情，无关风月。

同时，贾平凹没有忘记最初将《山本》写成秦岭风物志的设想。书中的女性角色以"花"入名，女主人公陆菊人名字中带有的"菊"字，象征着女主人公的品格像菊花一样高洁傲霜；而井宗秀的第二任妻子花生，虽然不是以花入名，但书中形容她也是花一般的女子。还有井宗秀在山里遇到的水晶兰，借由他身边的小兵之口说出此花也叫"冥花"，是黄泉路上才长的花，此花见到井宗秀后开花，也预示了井宗秀的死亡。然而《山本》是小说，秦岭博物风情只有通过人物故事传递出来才有趣，所以，在小说言说中，与自然相对的人事又转化为秦岭的主人，上演了一幕幕威武雄壮、可歌可泣的悲喜剧。[①] 在小

---

① 陈思和.试论贾平凹《山本》的民间性、传统性和现代性.小说评论，2018（4）：72-88.

第四章
想象与写意：《山本》的民间传奇

说里，作者设计了麻县长这样一个角色。文人出身的他生长在乱世，虽有报国之志却壮志难酬，每天沉浸于研究秦岭的一草一木，编撰草木志与禽兽志，心想着编撰成功了也算在位期间留下一点功绩。书中对于植物的大量描写都是经由麻县长这一角色写出的，如"他知道了秋季红叶类的有槭树、黄栌、乌桕、红瑞木、郁李、地锦，黄叶类的有银杏、无患子、栾树、马褂木……知道了曼陀罗，如果是笑着采了它的花酿酒，喝了酒会止不住地笑，如果是舞着采了花酿酒，喝了酒会手舞足蹈。知道了天鹅花真的开花是像天鹅形，金鱼草开花真的像小金鱼"[①]。但令人讽刺的是，草木志与禽兽志最后也没有编撰完，而他自己却跳入涡潭中结束了自己的生命。

贾平凹《山本》的写作感悟

漫长的写作从来都是一种修行和觉悟的过程，在这前后三年里，我提醒自己最多的，是写作的背景和来源，也就是说，追问是从哪里来的，要往哪里去。……在我磕磕绊绊这几十年写作途中，是曾承接过中国的古典，承接过苏俄的现实主义，承接过欧美的现代派和后现代派，承接过建国十七年的革命现实主义，好的是我并不单一，土豆烧牛肉、面条

---

① 贾平凹. 山本. 北京：作家出版社，2018：329.

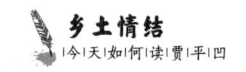

同蒸馍、咖啡和大蒜,什么都吃过,但我还是中国种。……最初我在写我所熟悉的生活,写出的是一个贾平凹,写到一定程度,重新审视我所熟悉的生活,有了新的发现和思考,在谋图写作对于社会的意义,对于时代的意义。这样一来就不是我在生活中寻找题材,而似乎是题材在寻找我,我不再是我的贾平凹,好像成了这个社会的、时代的,是一个集体的意识。再往后,我要做的就是在社会的、时代的集体意识里又还原一个贾平凹,这个贾平凹就是贾平凹,不是李平凹或张平凹。站在此岸,泅入河中,达到彼岸,这该是古人讲的入得金木水火土五行之内,出得金木水火土五行之外,也该是古人还讲的看山是山看水是水,看山不是山看水不是水,看山还是山看水还是水吧。

资料来源:贾平凹.后记//山本.北京:作家出版社,2018:524.

中国传统文化思想历经几千年的发展演变积淀而成,其中有一部深得中国传统文化精髓的著作《易经》,是中国传统文化思想的源头之一。现在我们所说的中国传统文化思想中的"儒释道",就与《易经》相关联。在"儒释道"中,佛学是由外传入中国后,与中华文化相融合,形成了中国化的佛学思想;而儒家和道家源于中国本土,儒家思想体现一

第四章
想象与写意：《山本》的民间传奇

种社会人生伦理哲学，是典型的农耕文化的产物，道家思想体现一种精神哲学，是山水文化的产物。三者都显现出中华民族对宇宙自然的看法、对生命的看法。除了中国传统文化思想中的"儒释道"外，中国的先民还存在着敬畏原始自然、认同万物有灵的思想。中华文化中这些核心的东西，共同塑造了中国人的思维和性格，中国人的这种思维、性格以及形成的宗教、哲学，进而影响和左右着中国人的文学审美趣味。

贾平凹的文化思想中，延续着中国传统文化的基因，甚至可以说，他在世界观、人生观、价值观等方面，从中国传统文化思想中汲取了丰富的养料。例如，其小说中含有大量的道家思想以及包括祈雨、占卜、拜神等奇幻神秘事物的巫鬼文化，在《老生》《山本》等作品中都有所体现。特别是《老生》中，由《山海经》引入正题，以一位永生的唱丧歌老艺人的视角，见证了陕西南部一个小村庄中百年间发生的故事。神秘的叙事结构增强了作者对意境的表达，也使贾平凹的作品充满了魔幻主义色彩和神秘主义意味。以鬼神文化为躯壳表达自我情怀，这在贾平凹的《太白山记》以及《废都》之后的作品中表现尤为突出，体现了对中国传统文化的接续，并富有一种美学意境和哲理思考。

乡土情结
今天如何读贾平凹

【我来品说】

1. 能否说一说作者为什么要写《山本》这本书?故乡对于他产生了怎样的影响?而你对故乡拥有怎样的感情?

2. 你在写作前会做哪些准备?你又是如何把自己的经历和感受转变成文学作品的?

第五章 人文情怀:贾平凹散文的类型与风格

---- 导 读 ----

在当代文坛上,贾平凹以其独特的艺术风格和深刻的人文关怀而独树一帜。他的散文作品更是独具匠心,富有浓厚的地域色彩和深刻的人生哲理。接下来,我们将一起走进贾平凹的散文世界,领略他笔下所展现出的生活情趣和人文韵味。

第五章

人文情怀：贾平凹散文的类型与风格

说到贾平凹，大家可能对他的文学作品并不陌生，《秦腔》《废都》《商州》《高兴》《满月儿》等一系列小说人气十足，甚至有一些还被改编成了影视剧作品。他的小说在叙述方式上充满着对自然的追求，用词朴素，没有华丽的辞藻做雕饰，却每一个字都发自内心深处并触动着人们的心灵。可以说，贾平凹的小说在中国乃至全世界都占有一席之地，对人们产生了深远的影响。

贾平凹不只是小说写得精彩动人，他的散文也为他赢得了广泛的赞誉。他的散文具有鲜明的写作风格、精当的文章结构、清晰流畅的文字表达，通篇读下来，让人完全沉浸其中，流连忘返。他的散文不仅将情景描写得恰切逼真，而且大多闪烁着哲理的火花。费秉勋教授曾经指出："与写小说相比，写散文似乎更能见出贾平凹的才情和艺术素质。他的散文确实写出了特色，写出了个性，在全国能自成一家。"[1]他的散文不但在质量上达到高水平,在数量上也不可小觑。迄今为止,贾平凹的散文作品总字数已有一百多万字。

---

[1] 费秉勋.贾平凹论.西安:陕西人民出版社,2018:200.

第五章 人文情怀：贾平凹散文的类型与风格

贾平凹散文的风格转变

文学艺术需要创造，艺术家就是文学艺术的创造者。作为一个艺术家，他的身世、经历、人生经验以及创作观念都与自己的艺术风格有着深刻的联系。尽管一个艺术家的艺术风格自形成以后会具有一定的稳定性，但是随着时间的推移，他的人生阅历不断增加，世界观、人生观、价值观还是在不断地更新。就好比毕加索，他的艺术风格经历了蓝色时期、玫瑰色时期、黑人时期、分析时期、综合时期、愤怒时期以及牧歌时期等等。蓝色时期的他怀才不遇、穷困潦倒，画面上就有大片象征悲哀的蓝色，后来他的生活略有改善也有佳人陪伴，画面便开始多了些暖色调……同样，不同时期的人生经历造就了贾平凹散文语言风格的差异。有研究者指出，纵观贾平凹全部的散文作品，其语言风格的演变大致分为三个阶段：哲理阶段、风情阶段以及世相阶段。

贾平凹的人生之路并非平顺，童年时经历了新中国的困难时期，生产队分的粮食远远不够，顾了大人顾不上小孩，身体的发育速度便跟不上他的年纪了，和同龄人相比，他总要矮一些。结婚后还因为别人嘲笑他没有儿子而痛苦过，但最终他还是走了出来。贾平凹酷爱读书，爱好写作并且每天坚持写一篇日记，这是他最终走上作家之路的必然经历，这些经历都促成了贾平凹散文第一个阶段哲理阶段的语言风格。20世纪80年代，贾平凹出版了《月迹》《心迹》《爱的踪迹》等散文集。他这一时期的散文，着力于在文字中探寻人生哲理。他观察世间万物，观察月亮、观察人物、观察沙子、观察雨滴……每一个存在的或缥缈的都能让他悟到其中的道理。贾平凹这一时期所创作的散文满富哲理、充满感情、文笔精妙、意境生动，其中有不少作为课文入选大学和中学教材。

20世纪90年代初期，贾平凹散文的语言风格有了巨大的变化。他一改早期过于重视抒情、情感过于浓烈的散文创作方式，而且不再专注于讲故事，或者探寻世间万物的真情与道理，文字也放弃了华丽的装饰。他开始以冷静直观的方式，试图描述客观世界的真实相貌，追寻一种淡化情感的表达方式。贾平凹说过："我反对把语言弄得花里胡哨。写诗也是这样，一切讲究整体结构、整体感觉，不要追求哪一句写得有诗意。越是语言表面上有诗意，越是整个诗没诗意，你越说得直白，说得通俗，说得人人都知道，很自然，很质朴，而你传达的那一种意思，那一种意念越模糊。"[1]这一时期贾平凹开创了一种新的语言风格"说话体",《说话》这篇散文便是这一文体的开山之作。

【经典品读】

散文《说话》片段

我曾经努力学过普通话,最早是我补过一次金牙的时候,再是我恋爱的时候,再是我有些名声,常常被人邀请。但我一学说,舌头就发硬,像大街上走模特儿的一字步,有醋馏过的味儿。自己都恶心自己的声调,也便羞于出口让别人听,所以终没有学成。后来想,毛主席都不说普通话,我也不说了。而我的家乡话外人听不懂,常要一边说一边用笔写些字眼,说话的思维便要隔断,越发说话没了激情,也没了情趣,于是就干脆不说了。

资料来源:贾平凹.说话//贾平凹文集:第13卷.西安:陕西人民出版社,1998:29.

这篇散文一问世,便受到了世人的瞩目,轰动一时。于是,他又写出了《说花钱》《说房子》《说孩子》《说请客》等一系列

---

[1] 贾平凹,韩鲁华.穿过云层都是阳光:贾平凹文学对话录.北京:北京联合出版公司,2016:95.

"说话体"的散文。这一文体在《人病》《祭父》等散文的问世时变得成熟。"说话体"一改往日散文精雕细琢、追求情感抒发的风格，将散文的创作章法抛到一旁，从微小朴实的细节着手，无所不谈。于是，文章变得有血有肉，不再是用华丽的辞藻进行空洞的抒情，而是扎扎实实地体现情感。

幽默是贾平凹散文的一大特色。在他看来，创作中有意识地追求幽默能够不露声色地关联到人的生存环境和性格，虽然有出"丑"的嫌疑，但丑也是美的一种形式。2002年9月作家出版社甚至将贾平凹的幽默散文集结成《长舌男——贾平凹幽默作品选》，其中收录的散文涉及方方面面，"这些幽默散文从各个角度反映、解剖社会及社会大变革中各色人等的生活形态，探索人性在传统文化桎梏下的抗争与人性的复杂性。观察细致入微，语言纯熟老辣，世间冷暖，人生百态，在其笔下都有着深刻而独到的反映"[1]。

其实，不仅仅是被收录进散文集的这些散文，"幽默"这个主题几乎存在于贾平凹的每一篇散文中，他的字里行间无不渗透着这种智慧的、"憨憨"的幽默。他的散文不在于要说一个多么幽默的故事，而是将幽默不失严肃地化入散文的字里行间，让人欲罢不能，等到结尾，读者心中早已连连拍案叫绝。这种

---

[1] 白忠德.贾平凹散文语言风格演变及其特征.商洛学院学报，2010(5)：7-10.

第五章
人文情怀：贾平凹散文的类型与风格

追求喜剧风格的幽默感，将生活中的某个荒诞滑稽的切口放大，不露声色地将社会哲理寓于其中，有一种大智若愚、大巧若拙的意味。

贾平凹的幽默最集中地体现在对人物心理的刻画上。他能够冷静旁观，看清人们心理的细微变化，继而将这些细微变化诙谐又十分精准地呈现在读者面前。

【经典品读】

> ### 散文《关于女人》中的片段
>
> 而女人呢，也习惯了拿自己的漂亮去取悦男人，"为知己者容"，瞧，说得似乎高尚，其实一把辛酸。一个不引起男人注意的，不被男人围绕着殷勤的女人，这女人要么自杀，要么永不出户，要么发誓与命运抗争，刻苦磨练一种技艺而活着。哪个女人不企图提高街头上的回头率呢，即使遇上了太馋的目光，场面难堪，骂一句"流氓！"那骂声里也含几分得意。
>
> 资料来源：贾平凹.关于女人//贾平凹文集：第12卷.西安：陕西人民出版社，1998：220.

这段文字将女人渴望被肯定、被赞美，又半遮半掩"假装正经"的心理刻画得惟妙惟肖，他用似戏谑似严肃的口吻将人物的内心所思写得深刻而又传神。实际上，散文有别于小说，其对行为、语言的描写本是不多的，但这些元素在贾平凹的散文里并不少见，而且多是调侃，让人食过之后深得其味。

【经典品读】

散文《说请客》中的片段

我们常常会看到有不得不请客的人家请过客了，仍一脸无声地笑，拉拉扯扯的，一边送客走，一边要说：哎呀，天还早的，多坐会嘛！心里想的是"客走主人安，跳蚤蹦了狗喜欢"。若请吃了事未办成，吃过这一次再不会有第二次，这一次也是"全当喂了狗啦！"

资料来源：贾平凹.说请客//贾平凹文集：第13卷.西安：陕西人民出版社，1998：70.

《说请客》中的这段描写行为和语言的文字诙谐幽默，将我们生活中普遍存在的请客是"表面人情实则功利"的问题暴露无遗。这段文字里语气尽含揶揄嘲笑，人物刻画惟妙惟肖，仿佛一个阿谀奉承却又一毛不拔的人就站在你跟前，令人忍俊不禁。而这也正是前文所提到的"说话体"最为强烈的风格——幽默风趣，又不失对世事的探究，诙谐憨厚却一语中

第五章
人文情怀：贾平凹散文的类型与风格

的。和单是抒情写景或试图直接以理服人的散文相比，读者当然更喜欢看这样的文体，人们不知不觉就接受了散文中传达的思想，而不会产生抵触心理。

贾平凹不仅擅长描写社会众生百态，还常常不忘自嘲。他的自嘲，有时也是一种放低姿态的智慧，让人读过之后见到一个更真实的作者，仿佛就那样实实在在地站在你的面前，又仿佛是读者自己的某个时候、某个方面的呈现，让人会心一笑。读者摸得着，体会得到，能够引起强烈的共鸣，更加拉近了与作者的距离，增加了亲近感。贾平凹在《五十大话》中有这样一段文字："大家都知道，我的病多，总是莫名其妙地这儿不舒服那儿不舒服。但病使我躲过了许多的尴尬，比如有人问，你应该担任某某职务呀，或者说你怎么没有得奖呀和没有情人呀，我都回答：我有病！"[1]中年人的无奈在笑谈中展现得淋漓尽致，甚至掩藏着作者对以前艰难岁月的回忆，通过自嘲式的幽默讲来可抵消令人难过的记忆。生活中的一些琐事，也成为贾平凹拿来展现幽默的素材样本，在散文《笑口常开》中就讲述了一系列糗事、趣事。

贾平凹散文的幽默极具个人风格，不受束缚，没有固定的章法，品读起来发现多是随心、随性所作。他高兴了，便写

---

[1] 贾平凹.五十大话//贾平凹散文.北京：人民文学出版社，2022：149.

下"我们生活得太琐碎和无聊了,上帝给了足球和一批踢足球的人,我们就快乐了,别的都不再去管吧"[1]这样的语句;他写下新鲜事、念给村人听,便有了"我念得忘我,村人听得忘归;看着村人忘归,我一时忘乎所以,邀听者到月下树影,盘脚而坐,取清茶淡酒,饮而醉之"[2]这样洒脱的话语;若是气愤,也会有"我的命就是永远被人敲门,我的门就是被人敲的命吧。有一日我要是死了,墓碑上是可以这样写的:这个人终于被敲死了"[3]这般透露着无奈的句子。他的散文字里行间都透露着灵气,随心所欲。人活着最大的快乐,大抵就是可以随心所欲吧;但生活在这个循规蹈矩的社会中,是绝不可能做到真正随心所欲的。那么,贾平凹便在文字世界里随心所欲,不受任何束缚,从而获得心灵自由。

---

[1] 贾平凹.观球(二十三)//贾平凹灵性散文.上海:文汇出版社,2017:80.
[2] 贾平凹.静虚村记//贾平凹散文.北京:人民文学出版社,2022:9.
[3] 贾平凹.敲门//贾平凹灵性散文.上海:文汇出版社,2017:5.

第五章
人文情怀：贾平凹散文的类型与风格

游记类散文的诗意风貌

　　人类依赖着天和地而存续，文学为人们提供了将广袤宇宙抽象化的路径，我们可以通过取舍、夸张、象征、暗喻等营造出一个文学化的自然世界。游记类散文在贾平凹的散文中是占有很大分量的，且处处都能让人感受到他对于家乡的热爱和思考。在《贾平凹游记》所收录的散文中，绝大部分是描写陕西山水风光的，当然也不乏诸如《宿州涉故台龙柘树记》《在桂林》等描写其他地方风景的散文。同时，他的每一篇散文都让人有一种身临其境的感觉。文学作品在被创作时，人物可能是集中融汇的，故事可能是无中生有的，但地理环境却一定是真实的，起码是作者熟知或进行扩展、改造的。用从真实世界中挖掘提炼出的素材来创造文学世界，作品也自然而然更具真实

感、可信感。

谈起贾平凹的游记类散文,其笔墨文辞并非多么优美迷人,但其独特的写景状物手法总是让人产生非常深刻的印象,有一种除此之外别无他处的感觉。如对黄土高原的描写,如果单写某一处或者平面地描述,我们是很难对黄土高原有总体认识的,也正是因为意识到了这一点,贾平凹的描写由远及近、动静结合、有人有物,使得读者的脑海中能够自行建构出黄土高原的大致样貌。

【经典品读】

散文《黄土高原》中的片段

走遍了十八县,一样的地形,一样的颜色,见屋有人让歇,遇饭有人让吃。饭是除了羊肉、荞面,就是黄澄澄的小米:小米稀作米汤,稠作干饭。吃罢饭,坐下来,大人小孩立即就熟了。女人都白脸子,细腰身,穿窄窄的小袄,蓄长长的辫,多情多义,给你纯净的笑。男的却边塞将士一般强悍,大块吃肉,大碗喝酒,上了酒席,又有人醉倒方止。但是,广漠的团块状的高原,花朵在山洼里悄悄地开了,悄悄地败了,只是在地下土中肿着块茎;牛一般的力气呢,也硬是在一把老镢头下慢慢地消耗了,只是

第五章
人文情怀：贾平凹散文的类型与风格

> 加厚着活土层的尺寸。春到夏，秋到冬，或许有过五彩斑斓，但黄却在这里统一，人愈走完他的一生，愈归复于黄土的颜色。每到初春里，大批大批的城里画家都来写生了，站在山洼随便一望，四面的山峁上，弧线的起伏处，犁地的人和牛就衬在天幕。顺路走近去，或许正在用力，牛向前倾着，人向前倾着，角度似乎要和土地平行了，无形的力变成了有形的套绳了。深深的犁沟，像绳索一般，一圈一圈地往紧里套，他们似乎要冲出这个愈来愈小的圈，但留给他们活动的地方愈来愈小，末了，就停驻在山峁顶上。他们该休息了。只有小儿们，停止了在地边玩耍，一步步爬过来，扑进娘的怀里，眨着眼，吃着奶……
>
> 资料来源：贾平凹.黄土高原//贾平凹文集：第11卷.西安：陕西人民出版社，1998：199-200.

贾平凹在《黄土高原》的开篇就将黄土高原的沟壑、山峦与河流描绘得栩栩如生："沟是不深的，也不会有着水流；缓缓地涌上来了，缓缓地又伏下去了；群山像无数偌大的蒙古包，呆呆地在排列。"[1]他通过富有想象力和诗意的比喻，将群山喻为

---

[1] 贾平凹.黄土高原//贾平凹文集：第11卷.西安：陕西人民出版社，1998：195.

蒙古包，形象且富有艺术感地展现了黄土高原的地貌特征，而"呆呆"也生动地描绘了山峦的静谧与深沉。陕北干旱少水、沟壑遍布、此起彼伏的面貌立即呈现在了读者眼前。黄土高原除了有山，还有路、有土、有树，那些密密麻麻、纵横交错的路，带有独特的陕北气质，它们并不意味着交通便利、四通八达，反而成了山里人走出大山的障碍。黄土高原的土孕育了具有标志性的植物——枣树，它遍布整个高原，是黄土高原上的精灵，同时也抚养了贫困的黄土高原。当然，黄土高原更有大自然的主宰——人，贾平凹在文章里描写的人既有群生相，也有特写镜头，既有声又有色。正因为有了人，这方奔放又豁达的高原土地上才能绽放由窑洞、饮食和唢呐等构成的地域文化的独特魅力。贾平凹以充满温度和情感的文字，既在自然与人文和谐共存的美丽图景中抒发了对故土的深深眷恋，也表达了对这片曾经枝繁叶茂而今千沟万壑的土地的自然环境可持续发展的深深隐忧。

跟随贾平凹，总是能够精准地抓住一个地方的与众不同之处，他能把它的独特全部呈现在你的面前，并在字里行间蕴含着深刻的思想内涵。如《紫阳城记》一文，作者在巷道纵横分布、宛如迷宫般的陕西江边山城中漫步，解谜一般不知疲倦地攀登让他发出了"偏僻并不等于荒寂，贫苦并不等于无乐"的感叹。又如《宜君记》一文，作者一次又一次造访宜君这个耸

第五章
人文情怀：贾平凹散文的类型与风格

立于山梁上的小县城，每次都能收获全新的体验和感受。让人印象深刻的是那里夏天清凉、冬天暖和。宜君的夏凉是在夜里，习习的晚风使人微汗不生、神清气爽，以至于烦恼通通烟消云散。而宜君冬天的暖是暖在人心的，或者说是人与人之间的和谐融洽，并通过和其他城市的对比来凸显宜君这个县城虽不如别的城市繁华、热闹，却带给人以实惠、慰藉。

贾平凹笔下记录的并非都是名山大川，更多的是一些幽美、独特的小地方，比如前面讲到的《宜君记》《紫阳城记》，还有《走三边》《柳园》等等。更有一些是偶然间发现的名不见经传的小众地方，比如《一个有月亮的渡口》就是典型的代表。贾平凹在商州的山里跋涉，偶然在丹江的岸口，发现了一个"上弦的，清清白白"形似月亮的渡口——月亮湾渡口，这个拥有神仙般名字的地方让贾平凹有着与月亮相伴之感，于是旅途舟车劳顿的他准备在此歇脚。在月亮湾渡口，贾平凹见到了南来北往的游客、撑柴排的水手，还有能掌握住男人的漂亮女店主，这些生生不息，为生活而奔波的勤劳善良的人，在这里释放心灵的压力和身体的疲惫，待到压力与疲惫烟消云散，便再次开启更加有挑战性的新的征途。

贾平凹的游记类散文不仅有对自然和人文的描绘，更将深刻的人生哲理或直接或间接地蕴含在文字之中。通过写景状物，将自己在生活中得到的启发、悟出的道理在文章中娓娓道来，毫无保留地分享给每一位读者，增加了文章的深度与厚重感。自然景色引起了贾平凹对现实社会的联想。他生长于陕西，那里民风淳朴、人情浓厚，但同时也充满贫困和禁锢。在游览黄土高原时，很容易让他联想到现实生活中的人和事。他见到山沟里的人，虽然山路相通、山沟相连，但是仍然闭塞、狭隘，"他们一生在这个地方，就一刻也不愿离开这个地方，有的一辈子也没有去过县城，甚至连一条山沟也不曾走了出去；他们用自己的脚踏出了这无数的网，他们却永远走不出这无数的网"[1]。贾平凹虽然也出生在农村山区，但是和这些村民不同的是，他对命运不屈抗争，不甘于平庸，时刻都在做命运的主宰。因此他在《紫阳城记》中这样写道："虽人生之路曲曲折折，往前知去途，回首见来路，硬进而上，转身便下，只有登到顶上，更知来去之向，脉络形势"[2]。贾平凹从旅途中不断悟出道理，他游走于名山大川之中，对自然万物情有独钟，并不停地发出对世间万物的畅想。当然在地理、地质方面他是发现不了什么规律的，但是能对生活、社会、现实展开思考，并且往往能从中探寻到生活的秘密，通过质朴的文字表现出深刻的人生哲理。

---

[1] 贾平凹.黄土高原//贾平凹文集：第11卷.西安：陕西人民出版社，1998：196.

[2] 贾平凹.紫阳城记//贾平凹文集：第11卷.西安：陕西人民出版社，1998：210.

人物类散文的活泼淳朴

在贾平凹的众多散文中，描写人物的散文所占比重不小，甚至可以说是他在一个时期的散文的特色。散文集《朋友》收录的便是贾平凹描写人物的散文作品。这本散文集几乎集中了贾平凹20世纪80年代至今各个时期的写人之作，其品质不言而喻。这些文章，不论篇幅长至数千字，还是短为几百字，均展现了作家对生活的思考和认识，内涵深刻，思想深邃，形象鲜活。

关于亲人，他写出了《祭父》《喝酒》《我不是个好儿子》等；关于女性，他写出了《哭三毛》《女人与陶瓶》等；关于职业人，他写出了《治病救人》《我的老师》《画家逸事》等。他写的不仅仅是一个个人，更是世间万象。在他众多有关人物的散文中，最著名的一篇莫过于思念他已经逝去的父亲的《祭父》。

贾平凹在《祭父》中饱含深情地追忆了自己的父亲，文字细节处显露出贾父为人正直、关爱家庭的朴实品质。如为了解

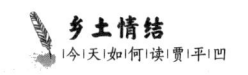

决儿女的工作，放下脸面四处奔波求人；休息日饿着肚子回家，却给孩子们捎上学校的餐食；当子女工作有了着落，感激得不论年龄大小皆视为贾家的恩人。对于这样一位农民式知识分子父亲来说，子女吃穿不愁和未来有所保障便是他最大的心愿，这是千千万万个中国家庭中的传统父亲形象。散文也让这样一位传统父亲的伟大和艰苦历程被更多人所知。贾父除了是孩子的父亲，更因拥有较高的学识和正直的品行在家族中德高望重，常主持婚丧嫁娶、调解家族纷争等事宜。可以说，贾父的言传身教影响了贾平凹的一生，也给读者留下了深刻的印象，他的忠厚勤奋和重视血亲是中华传统精神的写照。

　　贾平凹的散文用浓重的笔墨来描绘人物的性格之美，且多以粗笔勾勒出人物生活中的点滴细节。尤其是在写家乡传说中令人敬佩的女性形象时，贾平凹抓住的是女性柔弱与坚韧两方面的特征，将女性作为美的象征，展示出她们别样的人生风采。如《石头沟里一位复退军人》中的寡妇不顾世俗偏见，勇敢追求爱情，冲破重重阻碍与宁姓军人走到一起。又如《屠夫刘川海》中的刘家女儿温柔贤惠、勤劳善良，将做好的新鞋拿去集市上送给心爱的小伙子。无论是助人为乐、热情好客的善良天性，还是勤劳能干、追求真情的人生态度，都是贾平凹真实生活中的所见所闻所感带来的传统人性人情的自然流露。贾平凹的散文不以夸张的想象和直接的心理描写来塑造复杂的人物形象，而是

第五章
人文情怀：贾平凹散文的类型与风格

通过实实在在的人物言行来表现陕南乡土人民独有的热情淳朴，展现了典型陕南环境中孕育出的典型人物性格。如《摸鱼捉鳖的人》中的摸鱼人靠着一手绝活在河里捉鱼捉虾，相信自己写下的漂流瓶一定能带来一个好媳妇。这些乡土岁月对于贾平凹来说已经不仅仅是一个时间或是空间上的概念，作为生长于斯的商洛文人，这些经验早已成为一种"原型记忆"，铸造着他的精神内涵，并渗透到他的文学创作中去。

贾平凹在人物类散文中多处运用商州的方言土语，他凭着对方言土语的耳熟能详、了如指掌，在文学创作中运用自如。例如灵醒（明白）、拿作（刁难）、害娃（怀孕）、受活（舒服）等这些原本在现代汉语中已经消失不见的词语经过贾平凹的刮垢磨光而被赋予新的生命力。读者既可感受其中的古雅与文明，又可体味其中的质感和鲜活。方言土语"虽不及文人的细腻，但它却刚健、清新"，如带"哩"字尾音的有乡土味的表达，活泼生动，恰恰是商州农村人传统而独特的表情达意方式，表现出浓郁的地域文化色彩和乡土情趣。

无论是挚爱的家人还是淳朴的乡邻，是唱戏的名角还是摆渡的老汉，读者都能看到其独特的品性和各不相同的生活之道。世世代代生活在乡野间的农民深受中华传统文化的浸染，他们质朴而内向，安于艰苦的生活，对子孙后辈、父老乡亲有着深沉的关怀与爱。商州这块古老而厚重的土地有着独特的地理和人文风貌，尽管偏僻而封闭，却处处展现出纯净、原始之美。贾平凹在这些人物类散文中描绘了山清水秀的家乡风景、朴实动听的方言土语、古老传统的民俗民风，其中蕴含着明显的地域文化特征，表现出贾平凹对故乡深切的思恋之情。

第五章

人文情怀：贾平凹散文的类型与风格

贾平凹散文的乡土民情

贾平凹对于乡土那种血缘上的亲近感和认同感，与他作为生命起点和人性滋养的童年经验密不可分。贾平凹的散文中，有很大一部分取材自他的童年生活，故乡和童年的相互缠绕已经深深地融入他的散文创作之中。童年情结与经验是每个个体生命的根，是对个体无意识的精神挖掘，更是对民族文化根脉的坚守与牢筑。瑞士心理学家荣格认为，"情结可以并常常是灵感和内驱力的源泉，为了取得卓越辉煌的成就，这些灵感和内驱力是必不可少的"[1]。其实，在文学创作中融入童年情结并不是贾平凹独有的创作风格，诸如高尔基感人至深的《童年》、林海音追忆往事的《城南旧事》、曹文轩歌颂天真烂漫的《草房子》，都是通过对童年记忆有选择地"复刻"，来完成对当时社会时空的展现以及对故土亲人的思念。

童年情结成了贾平凹散文创作的精神家园，对于童年生活

---

[1] 霍尔，诺德拜．荣格心理学纲要．张月，译．郑州：黄河文艺出版社，1987：29．

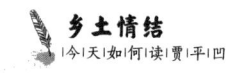

的回忆性描写也充满了作者对人性的思考和对社会的批判。贾平凹自小在农村长大，由于父亲在山阳县任教，母亲跟随父亲前往，四岁的贾平凹便开始跟着伯父伯母在乡下生活，直到十九岁时因为在苗沟水库的突出表现，他被县上推荐去了西安上大学，这才从乡下到了城里，走出了大山。这十几年的乡间生活促成了贾平凹内敛孤僻的性格，而内敛孤僻的性格又塑造了与众不同的贾平凹。在《自传——在乡间的十九年》中他也写道，他不喜欢人多，更加偏爱独处，看着远处的白云，心会止不住地怦怦跳。就连看到了一只很大的鹰在空中盘旋，也会想着"这飞物是不是也同我一样没有比翼的同伴呢？"，还有村口荷花塘"蓝莹莹"的蜻蜓。其实这些都是作者内心的投射，也许是孤寂使他变得敏感吧，早年故乡的一山一水、童年的一事一物、生活中的花草虫鱼等等都深深地铭刻在了他的记忆中，随着时间的推移，不断地发酵升华，加上他那颗通灵的心，不停地在其中采集孤独，不停地痛苦提炼、寂寞创造，用自己独特的视角去发掘，这些都成为他取之不尽、用之不竭的创作素材。他不仅以儿童视角使得作品更加贴近生活，而且把童心融入作品之中。这时他不再是以成年贾平凹的笔触去讲述，而是用儿童贾平凹的言语、心理、视角去观察世界、审视社会，童趣的纯真和至情跃然纸上。

第五章
人文情怀：贾平凹散文的类型与风格

【经典品读】

散文《月迹》中的片段

我们这些孩子，什么都觉得新鲜，常常又什么都不觉满足。中秋的夜里，我们在院子里盼着月亮，好久却不见出来，便坐回中堂里，放了竹窗帘儿闷着，缠奶奶说故事。奶奶是会说故事的；说了一个，还要再说一个……奶奶突然说："月亮进来了！"

....

我们就都跑出门去，它果然就在院子里，但再也不是那么一个满满的圆了，尽院子的白光，是玉玉的，银银的，灯光也没有这般儿亮的。院子的中央处，是那棵粗粗的桂树，疏疏的枝，疏疏的叶，桂花还没有开，却有了累累的骨朵儿了。我们都走近去，不知道那个满圆儿去哪儿了，却疑心这骨朵儿是繁星儿变的；抬头看着天空，星儿似乎就比平日少了许多。月亮正在头顶，明显大多了，也圆多了，清清晰晰看见里边有了什么东西。

资料来源：贾平凹. 月迹 // 贾平凹自选集：6. 北京：作家出版社，1994：4–5.

《月迹》应该是贾平凹散文中表现童趣的典型案例。中秋

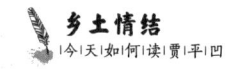

之夜，年幼的贾平凹和小伙伴们都缠着奶奶说故事，盼着月亮出现。在月亮由满圆到渐渐消失，再到寻月，这个过程中将孩童那天真烂漫、充满好奇的样子表现得淋漓尽致。文中的"月"不再是自然的"明月"，已然成为世间一切美好事物的象征，孩童们追寻月迹之旅也是人们对美好事物进行探寻、追求、领悟的过程。他们追逐月亮的踪迹，追到了院里，发生了谁拥有月亮的争执，描写了孩子们想要得到它的急切心情，从而将散文的思想升华到一个新的境界。在美轮美奂的"踏月寻桂图"中，在桂花甜酒和月亮美景的陶醉下，奶奶的话让贾平凹恍然大悟："噢，月亮竟是这么多的：只要你愿意，它就有了哩。"这里表现出孩子们为了得到月亮锲而不舍的追求精神，同时也写出了无处不在、无限美好的童心，正如奶奶所说的，"月亮是每个人的"。孩童的眼光跟成人是不同的，看似平凡的东西、平淡的生活，在孩童的世界里却是如此纯美、如此神奇、如此令人陶醉。这不仅仅是创作手法的高明，更是作者的童心再现。

《丑石》也是贾平凹将童心融入文学创作的代表作品。在《丑石》中，贾平凹以儿童的视角看待外形奇丑的顽石，那么一块百无一用、遭人唾弃的石头，既不能做墙、做台阶，也不能用来雕饰、捶布，却被天文学家一眼看出它作为陨石的不凡身价，并由此获得世人的认可。通过儿童的天真视角折射出成

第五章
人文情怀：贾平凹散文的类型与风格

人世界的现实与挑战，借"丑石"真实价值复现的曲折境遇来赞颂不屑误解、坚韧生存的伟大精神，也启迪大众如何正视曲折的人生。而这也正是贾平凹基于自身的童年经验来进行创作的，生活的艰辛、家境的贫寒、个子小且"丑陋"的外表、孤僻内向的性格，使贾平凹受尽冷眼、歧视。他曾这样诉说着他的童年："班里的干部子弟且皆高傲，在衣着上、吃食上以及大大小小的文体之类的事情上，用一种鄙夷的目光视我……那时候，操场的一角呆坐着一个羞怯怯的见人走来又慌乱瞧一窝蚂蚁运行的孩子，那就是我。"[1]甚至他在读到鲁迅书中灵魂相契处时还会"眼里噙满泪水"。但是这些并没有让作者自暴自弃，他反而更加努力，或者说他积极地等待那个发现他价值的"天文学家"。

【经典品读】

散文《丑石》中的片段

这使我们都很惊奇！这又怪又丑的石头，原来是天上的呢！它补过天，在天上发过热，闪过光，我们的先祖或许仰望过它，它给了他们光明，向往，憧憬；而它落下来

---

[1] 贾平凹.自传：在乡间的十九年//贾平凹文集：第12卷.西安：陕西人民出版社，1998：91-92.

了,在污土里,荒草里,一躺就是几百年了?!

……

"……丑到极处,便是美到极处。正因为它不是一般的顽石,当然不能去做墙、做台阶,不能去雕刻,捶布。它不是做这些小玩意儿的,所以常常就遭到一般世俗的讥讽。"

资料来源:贾平凹.丑石//贾平凹文集:第11卷.西安:陕西人民出版社,1998:32–33.

《丑石》这篇散文,或许是对作者童年情结最好的诠释。那块"丑得不能再丑的丑石""黑黝黝地卧在那里",受尽了冷落、嫌弃,但它毫不在乎。这哪里是在单纯地讲这块丑石,分明是贾平凹在借童年经历自况啊!童年经历包蕴着丰富的人生真味和深厚的人性内涵,是一种深刻的生命体验,具有普遍的人生意义。人们总是乐于以各种不同的方式来追怀逝去的童年时光,即使是苦难的童年经历,经过时间的淘洗也会变成美好的回忆,成为宝贵的人生财富。

贾平凹散文自成一家,具有鲜明的个性特征,特别是他提出了"大散文观",其作品雄浑大气、质朴真实、厚重思辨,洋溢着浓厚的人文情怀,远非那些"御用文学"或"小家碧玉"可比,对于学生特别是中小学生来讲,具有很高的人文价值。

第五章
人文情怀：贾平凹散文的类型与风格

首先，贾平凹散文具有很好的生命教育价值。当前社会结构正发生深刻的变化，特别是互联网、自媒体的发展，让各种思潮、文化得以迅速传播、交融、激荡，人们的物质生活也极大地丰富，人们追求个性独立的同时利己主义倾向愈发严重，更谈不上由己及人，去思考人生的价值和生命的意义。贾平凹散文中充满对美好生活的向往、对顽强生命的致敬，这些积极对待生命的意识和态度，都能促使我们从生命存在意义的徘徊和迷惘中走出来，这应该是贾平凹散文关于生命意识的重要意义。《丑石》中那块丑石受尽冷落、误解甚至屈辱，依然静静地躺了几百年而毫无怨气、毫不后悔，哪怕天文学家"小心翼翼地将它运走了"，也不发一声。这块丑到极处就是美到极处的"以丑为美"的丑石，不以"发过热，闪过光"自傲，而是用这种默默无闻的方式诠释了存在的价值和生命的意义。《一棵小桃树》中那被猪拱折过甚至遭人嫌的瘦黄屡弱的木桃树，"千百次地俯下身去，又千百次地挣扎起来"，在历经风雨后仍保留着"欲绽的花苞"。这是多么顽强的生命，它不因出身卑微和环境恶劣而言弃，凭着勇敢与逆境抗争的精神战胜磨难，从而创造美好的生活。这不正是我们当代生活中所匮乏的、应大力提倡的精神吗？

其次，贾平凹散文具有很好的哲思教育价值。读贾平凹散文，总有一种不虚此行的感触，或文中或文尾总闪现着触动人心灵的哲思,而这种哲思娓娓道来、从容不迫,从不夸张做作,好像作者与你心灵相契,恰到好处、恰如其分地与你分享了这种感受。小中见大,平凡中有感动是贾平凹常用的创作方式。说身边的人和事特别是小人物和日常琐事,写名不见经传的小地方,都是贾平凹的拿手好戏。他所记所述多非惊天大事、大人物、名山大川,但就是这些小事、小人物、小地方,让人能够生动地、亲切地、真实地在感悟中深思。《月迹》《丑石》《一棵小桃树》等散文,还有《贾平凹游记》中的多篇文章都是这样的范例。这些都为我们教育学生从生活入手、从身边的人和事入手,创造了很好的典范。循循善诱、潜移默化则是贾平凹散文哲思的另一个特征。灌输式、硬塞式的说教绝不会产生理想的效果,也绝非聪明人所为。贾平凹的说理充分遵循了人们对事物道理的认识规律。比如《丑石》中,从对丑的误解、厌恶到终有一天知道它在天上"发过热,闪过光",是"以丑为美""美到极处",感受到"它那种不屈于误解、寂寞的生存的伟大",都是一步一步递进、一层一层深化的,让我们仿佛经受了一次思想的洗礼。这应该是我们启迪人生、沉淀自我所追求的最佳方式和途径。

最后,贾平凹散文具有很好的审美教育价值。称贾平凹散文为美文一点也不为过,这种美有别于现代流行的那种"鸡汤文",它真实、质朴、充实。真实之美存在于贾平凹的每篇散文

第五章
人文情怀：贾平凹散文的类型与风格

中，无论是对儿时纯真的情感记忆和生活追忆，还是对家中人、身边人的真情实感，还有对家乡山山水水的真切感受，都那样看得见、摸得着，仿佛就是我们日常生活经历，如《月迹》《丑石》《祭父》《我不是个好儿子》《哭婶娘》《六棵树》《紫阳城记》等等。质朴之美是贾平凹散文的独特之美。贾平凹散文没有华丽的辞藻，"说话体"是他散文的语言特色，正是这种清新朴实，让贾平凹散文读起来非常轻松愉悦、真实易懂、情感真挚。另外，贾平凹散文的质朴还来源于对故乡的热爱和眷恋。他在《我的故乡是商洛》中说："无论在什么时候什么地方，说起商洛，我都是两眼放光。这不仅出自生命的本能，更是我文学立身的全部"。"我爱商洛，觉得这里的山水草木飞禽走兽没有不可亲的。这里的人不爱为官，为民摆摊的、行乞的又都没有不是好人。"[①] 他爱这个美丽而充满着野情野味的地方，更爱这个地方勤劳、勇敢、善良的父老乡亲。有了这样的情怀，秦地民俗、故乡家人的点点滴滴，都是他笔下的至宝。充实之美更彰显了贾平凹散文的成熟厚重。如同所有事物一样，贾平凹散文也有一个不断发展的过程，经历了从空灵到充实的变化。正如他的散文《风雨》全篇对暴风雨进行了细致入微的描写，手法独到，通篇未提到"风"字和"雨"字，却又让人真真切切地感受到

---

① 贾平凹.我的故乡是商洛.新西部，2014（12）：81-82.

了一场狂风骤雨。

【经典品读】

散文《风雨》对暴风雨的描写

树林子像一块面团了，四面都在鼓，鼓了就陷，陷了再鼓；接着就向一边倒，漫地而行的；忽地又腾上来了，飘忽不能固定；猛地又扑向另一边去，再也扯不断，忽大忽小，忽聚忽散；已经完全没有方向了。然后一切都在旋，树林子往一处挤，绿似乎被拉长了许多，往上扭，往上扭，落叶冲起一个偌大的蘑菇长在了空中。哗的一声，乱了满天黑点，绿全然又压扁开来，清清楚楚看见了里边的房舍、墙头。

垂柳全乱了线条，当抛举在空中的时候，却出奇地显出清楚，刹那间僵直了，随即就扑撒下来，乱得像麻团一般。杨叶千万次地变着模样：叶背翻过来，是一片灰白；又扭转过来，绿深得黑青。那片芦苇便全然倒伏了，一截断茎斜插在泥里，响着破裂的颤声。

资料来源：贾平凹.风雨//贾平凹文集：第11卷.西安：陕西人民出版社，1998：203.

作者描写风雨，却从不提及"风"字和"雨"字，描写风

第五章
人文情怀：贾平凹散文的类型与风格

雨之大也不用一些感叹词，而是从不同角度描写了一桩桩事物在风雨中的状态，把它们都拟人化，仿佛用慢镜头的形式展现在我们眼前。我们眼前浮现的也并不是冰冷的事物，而是一个个活灵活现的生命。因为对风雨的形、声、神、韵描摹得无不惟妙惟肖，所以令读者仿佛置身于狂风暴雨的环境中，在逼真的艺术画面中给人以淋漓尽致的美感享受。

实际上，贾平凹的散文正是在艺术美的表象中追求一种诗意的境界和氛围，追求炼字炼句的语言美，让读者在自然景观、人物性格和世相人情中感受生活的美好和诗意。同时，以朴实自然、细腻生动的语言将自身观察生活、思考人生和探索世界的感悟凝结，以内容的充实丰赡来引导读者思考人生的意义与价值。最后在不同地域、不同社会阶层人们的生存状态和命运透视中，实现了由艺术本位转向认识功能、社会功能和审美功能并重的精神世界。也因此，他的文学创作被费秉勋称作"一种涵盖古今的冷静，使人襟怀开阔，头脑睿智"[1]。

【我来品说】

1. 你认为贾平凹散文的价值表现在哪些方面？
2. 在贾平凹的笔下，我们总能看到浓厚的乡土情结，你认为这对他的文学创作有什么作用？

---

[1] 费秉勋．贾平凹论．西安：陕西人民出版社，2018：23．

第六章
跨界传播：贾平凹作品的影视化改编

导读

在浩如烟海的中国当代文学海洋中，贾平凹的作品独树一帜。媒介技术的发展令文学作品得以焕发出新的生命力，通过影视化改编，贾平凹的文学作品能够以视觉和听觉的方式呈现给观众。导演和编剧在忠实于原著的基础上巧妙地运用镜头来还原读者内心的想象世界，在视觉呈现和故事叙述上进行创新，来引领观众在光影世界中思考由文学作品传递的历史命运和人性之美。

第六章
跨界传播：贾平凹作品的影视化改编

细数近些年热播的影视剧，陕西作家的身影时常活跃其中，从路遥的《平凡的世界》到陈忠实的《白鹿原》，再到正在火热筹备中的贾平凹的《秦腔》。文学与影视的联姻，扩大了文学的影响力，在影像化呈现无限蔓延的今天，再谈贾平凹文学作品的影视化改编，无疑有助于更多优质乡土文学"走出去"，为更多人所熟知。当书面的文字符号转化为新的表现形式并被赋予新的艺术价值时，那些书中描绘的场景和人物形象则以更加逼真的形式呈现在观众面前，而观众也能更为直观地感受到蕴含其中的情感与内涵。

贾平凹的文学作品拥有得天独厚的地域人文特色和历史文化底蕴，他的作品既关注现实生活又表现人性的多面，其丰富的戏剧性和独特的文学风格为影视化改编提供了广阔的创作空间。时间和空间的轮换流转不仅影响着贾平凹的文学创作，同时与影视化改编的文化表达和技术审美有着密不可分的联系。探究贾平凹文学作品的影视化改编能够让我们感受中国当代文学的魅力,同时在更深入地了解乡土文学和陕西文化的过程中更好地传承和弘扬我们的民族文化。

贾平凹作品影视化改编的发展脉络

总体来说,贾平凹作品的影视化改编可以分成三个时期。第一个时期是20世纪80年代。80年代对于整个中国而言,是一个充满变革和巨变的时代。从文化上看,中国刚刚经历了政治上的拨乱反正,文学重新焕发生机。这一时期,"伤痕文学""反思文学""寻根文学"等纷纷涌现。这股文学界的反思之风也影响到了影视界,中国的电影开始转为减少表演、淡化情节,强调用纪实美学的现实主义风格反映社会现实。而贾平凹最早一批影视化改编的作品,就出现在这一时期。贾平凹于1983年到1984年发表的三部小说《小月前本》《鸡窝洼人家》以及《腊月·正月》,都是以现实生活为主题的。由于都是描绘农村新生活、新变化,展现新时代农村变革的,因此这三部小说被称为贾平凹的"改革三部曲"。这三部小说都描写了农村改革的现状,与贾平凹深入观察农村现实密不可分。他一方面保留了自己作为作家对于生活的敏锐性,一方面又秉持着自己作品具有扎根在农村的质朴感。在这两种特性的交织下,贾平凹不断挖掘埋藏在时代背景下、处在变革中的农民的生存状态和精神世界。

《小月前本》讲述的是一个农家女孩看到外头的变化后渴望走出大山的故事。《鸡窝洼人家》是将两对处在变革下的夫妻各自的家庭矛盾摆在了读者面前。《腊月·正月》则是把变革中人们的保守思想和改革思想之间的矛盾进一步激化，直接表现为地主与农民之间的斗争。

《小月前本》被改编成电影《月月》，《鸡窝洼人家》被改编成电影《野山》，《腊月·正月》被改编成电影《乡民》。这三部电影由于负责拍摄的制片厂不一样，具有完全不同的风格。在这三部影片中，《野山》和《乡民》获得了比较好的反响，《月月》相对而言影响要小一些。就拿《野山》和《月月》来说，前者的导演是颜学恕，后者的导演是琪琴高娃。颜学恕导演的影片都是现实主义题材的，他擅长用镜头捕捉人物的情绪变化。一

部《野山》更是获得了第六届中国电影金鸡奖最佳故事片、最佳导演等六个奖项。琪琴高娃也是科班出身，从北京电影学院导演系毕业之后，进入了北京电影制片厂，几经周折成为一名儿童片导演。因此，相对于颜学恕而言，琪琴高娃更擅长拍摄儿童题材的电影，对于这类现实题材电影的敏锐度没有颜学恕高。颜学恕对于贾平凹的小说没有过多的解释和表演的痕迹，而是尽可能将这个发生在小山村的故事原原本本地还原了出来。为了最大化地体现贾平凹想展现的农村环境，颜学恕甚至在拍摄地待了三个月，追求影片本身的真实感。演员的所有服装和道具都是从农民家借来或买来的，没有一件是崭新的。从细节上看，《月月》则没有做到这个程度。

同样，在故事内核上，《野山》还原了贾平凹小说《鸡窝洼人家》中所有人物内核。在影片中，颜学恕将小说中大量的生活细节如实地反映在银幕上。《野山》中还保留了大量的贾平凹的创作风格，充满陕西风味的语言和质朴的表演都让作品从主体到故事上呈现出一种浓厚的乡土气息。当然在电影中，导演也充分发挥了自己二度创作的智慧。比如省略了小说的部分情节，根据电影的内容进行了一定程度的改编。例如对于禾禾炸小兽的部分，电影进行了省略，将内容直接转移到后续的部分。电影将小说中四个人之间的矛盾变得缓和许多，赋予了人物更多的情绪，使得故事的发展更加合理。

第二个时期是在20世纪90年代。这一时期，由于城市化建设和经济的不断发展，人们的思想、生活发生了巨大变化。这种变化也深深地影响了作家的思想与创作的灵感，贾平凹的创作开始有了对社会政治、历史人文等更深层次的关注与探求。《废都》《白夜》《高老庄》等都是贾平凹在这一时期基于现实生活而创作的小说作品。

20世纪90年代，在中国历史上其实是一个非常关键的转变时期，在这个时段中国的成长变得非常迅速。正是由于改革开放后人们渐渐找到了新生活的方向，将80年代的开垦继续了下去，才得以有现在的成绩。90年代可以说是一个承上启下的重要时期，这一时期人们受到的思想和文化的冲击是巨大的。经济的发展促进了文化艺术的启蒙，作家在多元文化中试图找寻自己的方向。在这一阶段，贾平凹洞悉着社会变化中人们内心的感受与想法。他看到了社会变化对人们的影响，对人们之间的矛盾的理解不局限在简单的二元对立上，而是有了更多的思考。《废都》是这一时期贾平凹的代表作之一。

20世纪90年代，贾平凹也创作了一系列类似主题的作品，例如《美穴地》《五魁》《晚雨》等，其中《五魁》《美穴地》都在90年代被西安电影制片厂搬上了大银幕。虽然同是贾平凹的作品，西安电影制片厂却用了两个不同的编剧杨争光、芦苇对作品进行改编。两位编剧都是在陕西长大的，因此对于贾平凹

第六章

跨界传播：贾平凹作品的影视化改编

小说里描述的陕西文化能够充分理解。首先从《五魁》来看，杨争光在担任《五魁》的编剧前还曾经为《双旗镇刀客》出谋划策，他从贾平凹构想的小说故事出发，保留了原有的故事大纲与重要人物，但在主要的情节上做了一些变动。在《五魁》原著中柳少爷落下了残疾，心生自卑于是虐待少奶奶。五魁于是偷偷将被虐待的少奶奶救出来，但发现了她不堪的行为，这也导致五魁心中最后的一丝美好幻灭，成为拥有十一位夫人的土匪。而经过改编之后的影片，直接让柳少爷早早过世，五魁成了一个自卑胆怯却最后拯救少奶奶悲剧命运的英雄式人物。将贾平凹想要表现的人性深处的丑陋与欲望统统置换，将一个复杂的人性命题变成好莱坞式英雄人物的觉醒之路，这种对于人物命运和性格的置换导致故事反映的主题与原作品相比出现了一定的偏差。

而另外一部小说《美穴地》的编剧芦苇对它的改编更为大胆，几乎是重构了整个故事。《美穴地》改编成电影《桃花满天红》，比起原著反映人性的本质，电影更像是对一个爱情故事的描述。小说中许多角色在电影中被替换甚至是直接消失，电影的主人公变成满天红和桃花。从作品影视化改编程度来说，这两部作品的改编都是相对较大的。《五魁》的改编是将原著中人物之间的矛盾弱化，变成简单两元对立的故事，《美穴地》的改编则只是借用了贾平凹小说的名头，主题、情节、人物等等细节统统被置换，几乎是改头换面讲了另一个故事。

这种与原著精神主旨相背离的改编方式，大大影响了观众对于原著的喜爱。结合当时的现实情况考量，在20世纪80年代西安电影制片厂取得了较大的成果，发行了享誉国内外的《老井》《红高粱》等影片。随着经济的发展，西安电影制片厂在发展中遇到了重重困难，为了摆脱困境，其在90年代对商业化电影进行了尝试，而对于贾平凹的《五魁》和《美穴地》的影视化改编正是在这一时期。在这种背景下，为了迎合市场，这两部作品的影视化改编有着许多共同特征。这两部电影都加强了"爱情"与"英雄"主义的情节，窄化了作品的精神内核。再就是知名演员的加入，明星在当时已成为影片能否获得高票房的一个重要因素。显然西安电影制片厂也注意到了这一点。电影《五魁》的主演是著名演员张世，来自宝岛台湾。张世曾出演过侯孝贤、黎大炜等导演的影片，在当时的祖国大陆算是小有名气。导演大胆采用了台湾演员，一方面是看中了张世的演技，另一方面也是想用他的名气与特殊的身份带来高

第六章
跨界传播：贾平凹作品的影视化改编

票房。但是显然张世不适合五魁这个角色，首先台湾演员不可避免带有口音，《五魁》的故事发生在陕西，而张世无论在外形还是口音、文化等方面都不能成为中国西北农村里土生土长的"五魁"。因此主演选择的失败也导致了该小说影视化改编的不足。虽然文学作品在影视化改编中加入商业性考量是无可厚非的，但是若丢掉了原著本身的精神内核，则会使得小说原有的文学内涵缺失。

20世纪90年代，全国各行各业都处在改革的浪潮中，影视行业也在重新调整。这里并不是说启用明星与电影商业化不可取，只是错误的改编导致了作品最后在口碑与票房上的双重失败。

进入千禧年之后，中国的经济有了飞速的发展，国民经济整体水平提升了不少，在短短十余年间，开始站上世界舞台中比较重要的位置。互联网的发展，让世界各国紧紧联系在了一起，大家足不出户就能了解天下事。在这一发展进程中，农村与城市在飞速变化。贾平凹注意到了这一点，他深深感受到了新一批进入城市的农民的变化，并因此写下了小说《秦腔》《高兴》。

《高兴》是贾平凹写得最为艰苦的一本书，酝酿五年，历时三年，几经波折，终于面世。贾平凹一直保留着手写小说的习惯，撰写这部小说，他的手因为长时间握笔导致了手指变形。《高兴》也是贾平凹最快搬上大银幕的小说之一。《高兴》中人物的命运是大多数农民工的命运,他们渴望改变命运,想靠着自己的力量与命运抗争,但最终都失败了。刘高兴、孟夷纯是典型的两个与命运抗争的例子,但他们抗争的方式大不相同。刘高兴有一段时间是想依靠捡医疗垃圾的违法行为偷偷牟取暴利,但差点因此进了监狱。孟夷纯起初是个普通的保姆,收入微薄勉强糊口,后因为弟弟才成为妓女,为警察提供情报。

由小说《高兴》改编的电影,在原著的基础之上添加了导演阿甘本人的很多想法。小说原本的故事是悲剧收场,描写的是一种处在社会边缘的农民工的生存状态,而电影《高兴》则更像是一个农民的励志故事,诙谐幽默之间让人觉得感动。电影的主线依然是刘高兴和五富进城拾荒,并且结识了各式各样的小人物,还与妓女孟夷纯之间有了纯洁美好的爱情。小说改编成电影之后,有了明显的几处不同。

首先,对重要情节的调整,如取消了刘高兴卖肾的情节。小说中卖肾是刘高兴想留在城市的一个极端做法,而在电影中导演赋予了他理想。他的理想是造飞机,大家都觉得刘高兴造飞机是不可能的,但是最后刘高兴让飞机上天了,在这里做了艺术化处理。其次,地域特色的融合。导演为影片制作了富有明显陕西风味的配乐,这也是电影的一大特色。电影配乐甚至可以称得上是中国式民谣,信天游加上笛子配合演员的表演将浓郁的陕西风土人情投射在大银幕之上。在保留陕西特色的同

第六章
跨界传播：贾平凹作品的影视化改编

时，又采用快节奏的剪辑配合现代的嘻哈和摇滚音乐，以此展现西安这座古老城市绽放的新时代的活力。此外，如果说小说《高兴》中充斥着土生土长的陕西风味，那么改编之后的电影《高兴》则是在这个基础上融合了多种地域特色。影片增加了东北、广东以及北京等地方的方言，语音语调上增添了许多诙谐幽默的味道。整体而言，电影增加了很多具有现代气息的元素。最后，对故事基调的变更。电影《高兴》作为贺岁片将上映时间放在春节前后，而小说本身的悲剧气息并不适合过年的氛围。于是在此基础上，导演增加了很多接地气的喜剧桥段，例如加入几段中国式民谣，同时采用黄渤、郭涛等实力派喜剧演员。

2009年2月4日，电影《高兴》上映，作为励志喜剧，用搞笑的方式向观众展现了包蕴其中的社会问题以及人生百态。然而自影片上映之后，评价呈现两极化，一些原著迷认为导演将一部反映当下城市化中弱势群体的小说硬生生地拍成了笑料。城市里的刘高兴们一边忍受着身体的病痛、精神的摧残，一边还要供人取乐。同时认为，电影在改编的过程中加入了许多歌舞成分，但是又与我们理解的歌舞片有着很大的差别，更荒诞，更无厘头。事实上对于影视化改编来说，这样既有搞笑元素又夹杂着低俗和些许现实意义的大乱炖影片，不能以一般的套路去评价它。它不能被单纯地定义为一部喜剧，也不是一部关乎现实的悲剧。

面对自己的小说被改编成电影后出现的两极化评价，贾平凹没有对影视化改编做过多的评价，他说自己写这部小说的目的不仅仅是用一种荒诞的手法取悦大众，更多的是向大众传递一种刘高兴精神。他表示，《高兴》只是他的所有小说中的一部，没有特别的创作目的，虽然写过一些城市题材的小说，但他的小说是以农村题材为主的，让读者了解一个农村人到城市安身立命的奋斗历程是他创作的初衷。他希望无论是城里的年轻人还是农村的年轻人都能从中得到一些启发，能通过勤奋获得成功，最终能高兴地生活。

进入21世纪之后，中国电影在整体环境上处于一个蓬勃发展的时期，一扫20世纪90年代电影市场的低迷，进入一个"百家齐放，百家争鸣"的时代。新世纪的到来加速了文学与影视的融合。随着网络技术的飞速发展，我们已经进入了"读图时代"，文学领域逐渐呈现出影视化叙事的趋势。因此，有越来越多的观众喜欢看由文学作品改编的影视剧作品。在这样的时代环境下，再加上一定的传播，电影《高兴》上映后取得了不错的票房成绩。比起贾平凹其他文学作品改编传播得到的冷遇来说，《高兴》算是新时代一个新的突破。一方面是有有利的外部环境加上春节档的黄金时期，另一方面，也更重要的是，电影对原著的精神内核进行了较精准的再现，以及对故事内容进行了大胆改编。正是电影中的草根性与大众性得到了观众的认可，观众期待从文学作品中看到更多源于生活的部分，而导演给了观众这种生活的美感。

　　从文学作品本身来讲，小说和电影都属于叙事艺术，但两者相去甚远。由于历史、题材、内容等诸多方面的因素，小说的叙事手法要远超电影艺术。但是相对来说，电影要比小说更为直观、鲜活，因为小说是二维的，而电影是三维的。

陕西民俗的影视化表达

对陕西民俗的关注与刻画，是贾平凹文学创作的一个特色。因为贾平凹生活在陕西这片土地上，所以他的文学作品总是字里行间流露出时代变化之下秦地的风土人情、社会变迁以及彼此交织的人物命运。

贾平凹的文学作品里蕴藏着中国一个地域族群生活的共同特性，他向读者展现了一幅庞大的陕西文化画卷。我们推介贾平凹的作品，不仅仅在于他作品中文化的厚重与语言的生动，更重要的是他的文学作品扎根于陕西，从陕南写到关中，再写到陕北，从民俗写到文化，从而成为一种塑造陕西文化品牌的力量。

文化品牌的建立，其实就是将文学作品进一步加工包装，变成大众能接受的产业标识，就是利用文学相关产品在消费者心中形成某种认知。相对来说，目前市场上出现的个人文化品牌比较多，例如一提到郭敬明就能想到《小时代》系列，一提到天下霸唱就能想到《鬼吹灯》系列，一提到南派三叔就能想

第六章

跨界传播：贾平凹作品的影视化改编

到《盗墓笔记》系列等。其实从这些作家建立的个人文化品牌出发，可以对陕西文化品牌的建立提供一些参考。

贾平凹是位高质又高产的作家，他的作品曾在国内外斩获不少大奖，也受到影视圈的青睐。1985年更是被评论界称作"贾平凹年"，贾平凹在这一年发表了十部中篇小说，而此前发表的小说也被陆续改编成了影视剧，如《鸡窝洼人家》《小月前本》以及《腊月·正月》。同时，思想解放与改革开放的大背景下也掀起了文艺研究的新一轮高潮。西安电影制片厂将《鸡窝洼人家》改编成电影《野山》，由当时电影界名震一时的大导演严学恕执导，影片获得了1985年中国广播电影电视部优秀影片奖、第8届法国南特三大洲国际电影节最佳影片奖等多个国内外奖项。1986年，他的另一部作品《腊月·正月》被珠江电影制片厂改编成电影《乡民》。同年，北京电影制片厂将《小月前本》改编为电影《月月》。此外，还有电影《五魁》，电视剧《古堡》《小月》，舞台剧《浮躁》《天狗》《鸡窝洼人家》《土炕上的女人》等问世。

除了贾平凹，陕西其他一些作家的文学作品也频频影视化，这对于建立一个成熟的文化品牌有着极大的优势。实际上，近些年来《平凡的世界》《白鹿原》《叶落长安》等一系列热播的影视剧，都是改编自陕西作家的文学作品。除了这些已经热播的影视剧之外，还有一部分正处于筹备之中。在文学作品不断

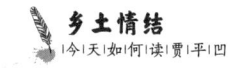

被翻拍的当下，陕西文学作品的改编，对于陕西文化的总体发展有着非常重要的意义。2015年北京卫视播出了由路遥的长篇小说改编的同名电视剧《平凡的世界》，跨越了近三十年的岁月，这部小说再次被搬上了电视荧屏。自1986年小说第一卷出版之后，1989年就播出了改编的电视剧。如今再次改编的电视剧，保留了原著的主要人物与故事主线，并在一定程度上作出了相应的修改。此外，由陈忠实的《白鹿原》改编的同名电视剧也于2017年在江苏卫视、安徽卫视同步播出。高建群的《最后一个匈奴》、叶广芩的《青木川》等也都于21世纪的第一个十年被搬上了电视荧屏。总的来看，陕西作家的文学作品近些年进入影视剧导演视野的，既有老一辈作家的苦心力作，也有新一批青年作家的作品。对这些文学作品的影视化，让观众从不同视角、不同时代、不同风格的故事中看到了多样的陕西，让陕西文化与陕西历史得到更为全面、立体的呈现。

何为乡土文学？

乡土文学指的是以农村生活作为主要题材创作出来的文学作品，主要创作内容包括农民的生产生活、知青的下乡经历等。乡土文学的特点是可以更好地反映人性，同时也是对乡土风俗以及历史变迁的一种记录。在现代中国，对于乡土文学的阐述最早来源于鲁迅先生。虽然鲁迅先生对乡土文学没有进行明确

第六章
跨界传播：贾平凹作品的影视化改编

的定义，但是他勾画出了乡土文学的创作面貌。与此同时，对现代文明和思想进步的观照，也成为作家进行乡土文学创作的一个重要准备工作。

叫乡土文学，并不是说这些文学作品就是充满乡土气息、落后低级、庸俗无聊的。在中国现当代文学发展史中，乡土文学是指那些主要描绘农村世情与农民生活的文学作品。由于中国是农业大国，即便是在科技快速发展的今天，乡土文学还是占据了极其重要的位置。乡土文学在中国现当代文学史上也有着重要的分量。如今随着中国经济的崛起，中华文化的发展与创新在影响着全球语境。在这之中，中国的乡土文化与乡土文学是未来影响中国文学甚至是全球语境的重要因素。中国的乡土文学有着典型的民族风格，透过这些象征中华民族的文学作品，可以让更多国家的人了解和认识中国的乡土文学以及中华文化。

中国乡土文学具有独特的民族性，这种独特的民族性深深植根于中华传统文化。中国作家在构思乡土文学时，立足于自己的价值观与文化背景，也立足于世间百态，以中国农村生活为题材，真正做到扎根农村。

在鲁迅之后，20世纪的中国文坛出现了一批以农村生活为题材进行文学创作的作家。当下，重新提倡乡土文学的意义在于，乡土文学扎根于中国大地，展现了一部分中国人的生活面貌。文学作品是外国人较快了解中国的一扇窗户，透过这扇有"中国味道"的窗户，能吸引更多的外国人了解中国的历史、文化、艺术等各方面的变化。尽管很长一段时间，中国的乡土文学只有莫言、贾平凹、余华等少数作家的作品被世界熟悉，但自2012年莫言获得诺贝尔文学奖之后，越来越多的中国文学作品被推广到全世界。如今，中国乡土文学的水平已经有了一定程度的提高，随着日益为世界所了解，乡土文学未来势必会影响世界的文化格局。

第六章

跨界传播：贾平凹作品的影视化改编

文学作品影视化改编的现实意义

文学作品的影视化改编，在今天来看已经从一个新鲜的事物变为大众所熟悉甚至喜爱的艺术创作手段。贾平凹的一众作品被改编成了影视剧，但是代表作《秦腔》以及《废都》的影视化改编却迟迟未见下文。1993 年，贾平凹发表长篇小说《废都》。小说描写了 20 世纪古城西安里一群知识分子的生活状态。小说的主人公是作家庄之蝶，通过作家庄之蝶、画家汪希眠、书法家龚靖元和艺术家阮知非"四大名人"的起居生活，展现了一个现代都市里真实的"废都"景象。由于小说中有大量的性描写，因此引发了不小争议。《废都》的问世也几乎中断了贾平凹作品的影视化改编之路。一直到电影《高兴》上映，这是贾平凹作品时隔十几年再一次被改编为影视剧。尽管这部轻松搞笑的贺岁片也引发了诸多争议，但是它让更多的观众期待贾平凹的作品能再次被搬上荧屏。

然而，自 2012 年《秦腔》电影拍摄的启动仪式圆满结束以来，却迟迟未见进展。至于《秦腔》的电视剧改编，早在 2009

年就传出了消息,原计划是由《亮剑》导演执导,但双方由于剧本改编的种种问题未能达成一致。究其原因,恐怕有一点值得注意。如果说《废都》迟迟没有被拍成影视剧是因为题材以及涉及敏感问题比较多,那么《秦腔》没有改编成影视剧,更重要的是贾平凹创作风格的转变。小说中伴随着文学性增强,叙事性消减,从而导致《秦腔》这种"家长里短"式的文学意味难以在剧中得以较好呈现。这也就意味着,这部小说改编成影视剧就要进行较大的改动。为了面向市场要增强小说的叙事性,为了还原原著又要保留小说的文学性。要想在影视剧泛娱乐化的今天再认真来制作这样一部有力度、有深度的影视剧作品,着实需要导演和编剧的用心打磨。

目前贾平凹还是在继续潜心创作,影视界依然对他的作品充满热情。尽管有很多影视公司都想买下贾平凹作品的版权,但是至今贾平凹的作品真正拿到台前的并不多。这一方面说明了导演不敢轻易尝试拍摄贾平凹的作品,那些作品可能还在改编过程中精心打磨,另一方面也说明了贾平凹作品中深刻的文学性和厚重的思想性都难以简单地被影视化表现出来。与此同时,有资料显示,了解贾平凹影视化改编作品的大部分受访者都是陕西人,从数据上看,受众比例与其他热门影视化改编作品如作家苏童等人的作品差距较大。一方面,这表明了贾平凹的确拥有一部分忠实读者,他们愿意从小说追随到影视剧,在

第六章

跨界传播：贾平凹作品的影视化改编

这部分人中大多数与贾平凹来自一个地方，他们属于小众人群。另一方面，也说明了贾平凹的影视化改编作品没有更多的"卖点"，既没有拍出大导演加持的叫好又叫座的大热影片，也无法形成风格化电影。种种原因都限制了贾平凹作品影视化改编的最终效果。

贾平凹的作品虽然在陕西省、中国甚至世界的当代文学领域都有着重要的影响，但对于很多读者来说，其作品风格同其他一些作家如陈忠实等人的作品风格类似，都带有普遍性的乡土特色和陕西风格，但个人风格并不明显，容易被混淆。也正因为贾平凹的文学作品带有很强烈的陕西风格，对不少读者来说不那么好读，所以对其文学作品的推广有一定的难度。影视化改编，可以在一定程度上冲破这种障碍，使文学作品在保留陕西风格的基础上为更多的人所理解。而且，这种鲜明的地域特征更适合在影视化改编过程中被导演选择成为吸引观众的视听手段。同样，张艺谋改编自苏童《妻妾成群》的电影《大红灯笼高高挂》也可以为贾平凹作品的影视化改编提供一定的思路，张艺谋对苏童原著的大胆改编影响了读者对于文学作品影视化改编的理解。观众相对以前对文学作品影视化改编逐渐变得开放和理解，愿意接受那些在原著基础之上的大胆改编。而这种观念的改变也引发了改变传统甚至是颠覆传统的另一种后现代的趋势，当然这也是后话。因此未来对贾平凹一类作家作品的影视化改编，是不是可以在保留原著精神内核的基础上展现出如张艺谋式的特有风格？这种考问，也说明了当下文学作品的影视化改编还存在很多值得推敲的问题，尤其是如何既保留文学作品的精神内核，又加入导演对于影视剧作品的合理表达。当今观众对于贾平凹作品影视化改编的认识程度还是相对有限的，带有明显"贾平凹式风格"的电影认知尚未形成，以及以贾平凹等作家为代表的陕西电影在对外传播时传播方式、本土特色与大众文化的冲突等等都是当下亟待解决的问题。贾平凹作品未来若想被更多人认识，想拥有更大的受众市场，就需要进一步探索影视化改编作品的传播方式与风格特征等问题。

在一些影视制作公司和地级卫星台的共同推动下，文学作品的影视化改编出现了新一轮的热潮。那么面对一部优质的文学作品，应当如何进行合理化的影视化改编呢？

首先，在将一部文学作品转化成影视剧时，应该要思考如何既保留作品原有的文学性，又有一定的创造性。文学作品和影视剧不同，具有不同的表现手法，选取了文学作品进行影视化改编就要保证对文学作品的改编是合理的。改编应当是在吻合原本剧情、内容的基础上作出的有创造性的变化，简单的搬运或填补是不能借由文学作品本身使影视剧散发出更大魅力的。因此，要达到这种程度的改编，就需要导演和编剧对文学作品

第六章
跨界传播：贾平凹作品的影视化改编

进行深挖，对剧本进行打磨。

其次，影视制作公司必须明确拥有高人气的文学作品并非带来高收益的"万能钥匙"，一本好的原著只是让影视剧获得成功的重要一环，而不是唯一条件。经过一段时间的野蛮生长之后，目前的影视化改编已经更加注重文学作品的可改编性，选择的题材也变得多元化。影视制作公司开始尽可能利用文学作品的读者群，注重改编的可操作性，投入更多的资金和精力用于文学作品的影视化改编创作。文学作品具有审美性，而影视剧有着鲜明的大众化与平民化特征，这种差异给影视剧和文学作品之间的互动带来了一定的困难。将文学作品的内涵和进行影视转换之后的大众化有效融合，是文学作品成功改编成影视剧的关键，也是文学作品影视化改编这股热潮能够延续下去的关键。

在当下影视文化发展较好、日趋成为文化艺术主流之一的语境之下，文学作品的合理影视化改编，不仅让作家与作品的知名度大大提升，更让观众有机会在荧屏前通过改编的影视剧更快地了解文学作品。从贾平凹到路遥，再到陈忠实，陕西当代作家的文学作品经影视化改编后得以广泛传播，从而掀起了阅读文学作品的热潮。无论是 20 世纪 80 年代改编成电影《野山》的《鸡窝洼人家》，还是前些年改编为同名电视剧的《平凡的世界》《白鹿原》，这些富有巨大影响力的文学作品都影响了一代又一代的读者。但是，我们也应该认识到文学作品影视化改编之中存在的问题以及陕西作家的文学作品与改编成的影视剧在艺术性与影响力上的差距。未来我们能否看到可以充分表现文学作品精神内核与符合广大受众接受心理的影视剧呢？让我们拭目以待。

【我来品说】

1. 了解了文学作品的影视化改编之后，你能否细数几部由文学作品改编成的影视剧呢？你最喜欢其中哪一部呢？

2. 你如何看待影视圈近些年层出不穷的歪曲原著事件呢？你看过歪曲原著的影视剧吗？说说你对制止歪曲原著行为的想法。

后记

感谢北京师范大学刘勇教授邀请我们编写本书。

本书由张智华进行总体框架设计，并进行最后的统稿。各章撰写分工如下：张智华撰写引言及第一章"从商州到西安"；田晔撰写第二章"商州系列的'人、事、情'"；孙聪撰写第三章"望乡与告别:《秦腔》的故乡挽歌"；钱琳撰写第四章"想象与写意:《山本》的民间传奇"；杨哲撰写第五章"人文情怀：贾平凹散文的类型与风格"；张铃佳撰写第六章"跨界传播：贾平凹作品的影视化改编"。

感谢中国人民大学出版社！

张智华

2024 年 9 月 30 日

图书在版编目（CIP）数据

乡土情结：今天如何读贾平凹 / 张智华等著. —— 北京：中国人民大学出版社，2025.2. ——（今天如何读经典 / 刘勇，李春雨主编）. —— ISBN 978-7-300-33550-6

Ⅰ. I206.7

中国国家版本馆 CIP 数据核字第 2025BS5336 号

今天如何读经典
刘　勇　李春雨　主编
乡土情结：今天如何读贾平凹
张智华 等 著
Xiangtu Qingjie: Jintian Ruhe Du Jia Pingwa

出版发行	中国人民大学出版社		
社　　址	北京中关村大街 31 号	邮政编码	100080
电　　话	010-62511242（总编室）		010-62511770（质管部）
	010-82501766（邮购部）		010-62514148（门市部）
	010-62515195（发行公司）		010-62515275（盗版举报）
网　　址	http://www.crup.com.cn		
经　　销	新华书店		
印　　刷	天津中印联印务有限公司		
开　　本	890 mm × 1240 mm　1/32	版　次	2025 年 2 月第 1 版
印　　张	5.875 插页 1	印　次	2025 年 2 月第 1 次印刷
字　　数	104 000	定　价	39.00 元

版权所有　　侵权必究　　印装差错　　负责调换